この星の絵の具

［中］

ダーフハース通り52

小林正人

ART DIVER

目次

この星の絵の具［中］ダーフハース通り52

ゲントへ行くってことは
外で画《え》を描くってことだったんだ。
それはいろんな意味で〝外国〟。
国立《くにたち》のアトリエを出て
自分の外へ！

一九九六年九月

　ベルギー、ゲント市のライオンのマークが入った自転車に乗って俺は現代美術館へ向かってる。

　空が高《たけ》え！　てか空気と光が全然違う。緯度は北海道よりもっと上だ。シャツ一枚で風切って走ってたら嬉しくなってなんか歌いたくなるよ。

　俺はゲント現代美術館の展覧会に参加することになった。館長のヤン・フートが「出品作品はゲントでつくれ！　スタジオは用意しておく」と言ってきた。だから俺はスーツケース一個でやってきた。

　着いたのは昨日の日曜日だ。ヤンは「日曜だから自分で迎えに来た」と、ブリュッセル空港で俺と周吾を乗せてフォードでハイウェイを飛ばす。ゲントまで六〇キロ、ヤンは機関銃のようにしゃべりまくった。もちろん英語だ。俺は英語を全然勉強してこなかった。日本で勉強しなくたって、どうせ着いたら嫌でもベルギー語か英語しかしゃべらないんだ。日本語が通じるわけねえだろ。

会ったばっかだし、とくに難しい話じゃなかった。窓から見える景色、ベルギーの食べ物や天気の話とか……、俺にとっちゃ音楽を生で聴いてるようなもんだから気分は上々さ。ゲントをヘントって発音すんだけど、ヘントはフレミッシュ、フラマン語だって。フランダース地方の古い言葉でオランダ語の方言。ベルギー語ってのはないらしい。

クレイジー！ってのがヤン・フートの一発目の印象だ。グレーの瞳から発するやたら強い眼光、でかい鼻、時速一五〇キロでハイウェイを飛ばしながらハンドルから両手離してタバコ巻いてるのを見た時は俺も目が点になった。巻いたタバコをくれる。紙巻きの「BELGAM《ベルガム》」、これぞ〝外国に来たー〟って味だ。俺が喜んで「サンキュー」って言うと、大声で「ダンキューだ！　フレミッシュじゃサンキューはダンキュー」、振り向いて俺に言う。ダンキューか。親近感がわいた。それにしても飛ばす。遥か前方に点のように見える車がみるみる眼の前に迫ってくる。危ねえ！　すれ違う車の風切り音が腹に響く。開けた窓から風がビュンビュン入ってくる。座席に山のように積んである本がバタバタ揺れて、向かってく西の空が燃えてるみたいだ。

一　屋根なし館長

自転車を漕いで、現代美術館があるはずのシターデル公園の外郭のカーブを登っていくと木立の間から神殿みたいな建物が現れた。あれかな？　キョロキョロしながら二股を建物の見えるほうへ行こうとしてると、左を走ってる車がプップーッとクラクションを鳴らした。ヤンのフォードだった。横にきれいな女を乗せてる。俺に指で、左のほうだっていう合図をした。

「CASINO《カジノ》」って書いてあるでかい建物の傍にフォードを突っ込んだヤンが「マサアート！」と叫んで近づいてきた。

「よく眠れたか？」、ハグして笑いながら俺の肩を叩く。けして大柄じゃない。背は

一七五、六、俺と似たようなもんだ。テレっとしたグレーのスーツに今日はサングラスをしてる。日に焼けてるのか地黒なのか、なめし革みたいな肌に笑うと縦に大きいエクボができる。
若い。六十才には見えないフットワークだ。

一緒にいる白のパンプスのプラチナブロンドの美女を俺に紹介する。マリリーン、美術館のデザイナーだった。ほっぺたにキス三回！　左《チュッ》、右《チュッ》、左《チュッ》、それがベルギー流だって。

なんていい国なんだ！

テクノのビートが響いてきた。カジノの真ん前にドーンと停まってるメタリックなトラック、ってか尋常じゃない長さの銀色のトレーラーが眼に飛び込んでくる。

「ヴィト・アコンチの作品だ」とヤン。

でか!!

「《Mobil《モービル》 Linear《リニア》 City《シティー》》、四〇メートルだ」、ヤンが両手を広げて笑いながら言う。「乗るか？」。

外から見るとトラックに四角いコンテナーがいくつも連結してるように見えるが、

中に入ったらまるで一本の長い銀色の道だ。そこに流しやテーブルやトイレまであって、たくさんの作業員《ワーカー》たちが足場を伝って歩きながら、床や天井に貼るステンレスを担いで運んだり固定して働いている。ラジカセの音楽ガンガン鳴らしながら。

これも美術作品なのか、なんかすげえな……。

向かいの神殿みたいな建物も美術館らしいけど、ただしオールド・ミュージアムのほうだった。

「良いボッシュがある。あとで行こう」とヤンが言う。

いったい現代美術館はどこなんだ。眼の前には「CASINO」って書いてある古い建物しかない。

狐に包まれたような気持ちで、カジノの入り口の階段に座ってタバコを吸ってると、さっきのマリリーンが寄ってきてカモンってジェスチャーをした。「ヤー」、俺が立ちあがると彼女はウインクして先へ歩き出す。カジノの建物は高くて大きい。ぐるりとその端まで歩いていくと真っ赤なシャッターがあった。彼女が認証カードを当てて壁のスイッチみたいのを押すと、ウイーンて音がして幅五メートルくらいのシャッターが上がっていった。

「ここは現代美術館の収蔵庫の入り口なの。私たちはこの入り口を〝赤い扉《De Rode Poort》〟って呼んでるのね。私たちのオフィスもこの中にあるのよ」

赤い扉を潜《くぐ》って中に入ると、そこは吹き抜けのすごく天井の高い巨大な倉庫空間だった。ごつい鉄骨が剝き出しになっていて、ワーカーたちがカートに乗って動いている。

「ヤンは美術館の収蔵庫で展覧会をやろうとしてるわけ」

ヤン・フート

ヤン・フートが普通の展覧会をやらないことは周吾から聞いていた。

――展覧会というものを美術館の外へ出し、ゲント市の五〇軒以上の市民の家に現代のアーティストを入れて制作し展示した「シャンブル・ダミ《友人の部屋》」展。現実《リアル》に市民が生活する家で行われた一九八六年のこの展覧会は、現在、美術館やギャラリーの外の至るところで開かれているアートの展覧会の先駆けとなった。一九八九年の「オープン・マインド」展。アウトサイダーとインサイダー、狂気とアカデミー。オールドミュージアムを舞台に正常者と思われてる芸術家のアート作品と狂人と言われる人間の描いた画を一緒に並べ、アートとはなにかを抉った、現在世界中で開かれるようになったアールブリュット＝アウトサイダーアートのこれも先駆け的な展覧会だった。そして、一九九二年、ヨーゼフ・ボイスをフィーチャーしたカッセル・ドクメンタⅨ《ナイン》のディレクター――。

「レジェンドなんだぞ！」、周吾が言う。オランダのスキポール空港。成田で一緒に乗るはずだったんだけど、なぜかはぐれてしまい、やっと会えた、乗り継ぎのブリュッセル行きの飛行機を待ってる時だった。

「みたいね……」

でもそんな時代の旗手のような人が国立《くにたち》でただ画《え》を描いていた俺をなんで？って感じなんだけど、俺の林檎の画を見たのは、彼がキュレーションしたワタリウム美術館の「水の波紋」展のために東京に来てた時だった。運良く面会できた周吾が佐谷画廊のファイルを見せていたら、俺の画でヤンの眼が止まった。ぜひ実物を見たいと言った（社交辞令は言わないし、そんな時間もない）。タイトなスケジュールだった。それで佐谷画廊を急きょ展示替えしたらしい。俺のポケベルが鳴った日だ。「nanacoさんっていうシンガーがエスコートして来たんだよ。いやあ、すごかった、画廊に入ってきて食い入るようにきみの「三つの林檎」を見続けてさ、一時間後、俺はこの画を新しくできる美術館で買う！　そしてこの画家をゲントに呼ぶ！って」

ヤン・フート……、誰？　ゲント……、どこ？

国立で最初話を聞いた時そんな風だった俺に周吾がしてくれた話はだいたいこんな感じだ……。

赤い扉の中は巨大な収蔵庫だった。一階は木工所、溶接所、保存修復室、などのセクションに分かれてる。薄暗い材木置き場の前を通り、長い廊下の突き当たりに白い光が見える、そこがオフィスらしい。

「マサァト」

マリリーンが俺を呼んだ。「来て、みんなに紹介するわ」。

広いオフィスだ。倉庫の奥だからすごく明るくはないけど、天井が高い。白い仮設壁の中は仕切られてなくてたくさんの大きい机が並んでる。キュレーターのハンス、バルト、ロム、ノルベール、カメラマンのディリク、保存修復のフレデリカ、ライブラリーのヴェロニク……、隣のヤンの部屋からヤンの秘書のクリスティーンと経理のドリスが出てくる。木工所のマエストロ——レオ、アシスタントのエバとキムとフィリップ（後に親友になるフィリップはこの時ゲント大学の九年生だ）。彼らがチーム・ヤン・フートのメンバーだった。みんなと握手して、キス、名前を覚える。

〝俺はなんで日本じゃ少しもやらなかったことが、自然にやれてんだろう？〟

昨夜、日曜の続きだ……空港からフォードでゲントに着くと、ヤンは周吾と俺を連れてレストランに入った。川べりのレストラン——フロール。ヤンが「ベストだ」と言うだけあって料理は最高だった。いや、ほんとは料理なんてまだなんもわかんねえけどさ、子羊のキドニー《腎臓》なんて生まれて初めて食ったよ。めちゃめちゃ美味かった。てか美味いに決まってるじゃん。ゲントに着いた最初の夜だぜ。初めてのヨーロッパで初めての食事、ろうそくの揺れる炎、窓には青い夜空だ。

いい店なんだろう、こんなとこ来《く》んの初めてだ。広い空間に四角いテーブルが贅沢にゆったりと配置されてる。薄いピンクの大理石の床には小川が流れてた。俺たちは真ん中辺りのテーブルに座った。ヤンと周吾はもちろんワイン。俺は酒は飲まない。哲学じゃない、単に体質のモンダイだ。タバコはチェーンスモーカーだ。ベルガムが気に入っちゃってさ、ヤンに葉っぱの巻き方を教えてもらってた。舌でスッと濡らして「RIZLA《リッラ》」っていう薄い紙にクルクルっと巻くんだけど、紙が唇や指にくっついてなかなか上手く巻けない。気がつくと広い店のテーブルはあらかた埋まってきていた。

ヤンが「ちょっと来い」とテーブルをタバコの葉っぱだらけにしてる俺を促してあるテーブルに連れていった。知り合いに紹介するのかと思ったらそうじゃなかった。ヤンはちょっとした有名人らしい。食事してるカップルはヤンのことをテレビかなんかで知ってるみたいだった。もちろんフレミッシュで話す。

「……マサァト・コバヤシ……ヤポンス・クンストナー……ヤパン！　ヤーヤー……ステデリック・ミューゼウム・ヴァン・ヘデンダークス・クンスト……ヤー！ドウ・ロードポールト……」

ヤンが俺を紹介した。男がニコニコして俺に手を出すから握手する。女性とは……、やっぱり握手だ。彼女がなにか俺に聞いた。聞きとれなかった。ヤンは楽しそうに俺が日本から今日着いたばかりだと説明する。「日本のアーティストだ、そう、東京。現代美術館の赤い扉展……、ヤーヤー。ペインティング、いや、彼の画をまだほとんど誰も知らない、ヨーロッパは初めてだ」。ヤンがルーベンス、ルーベンスと二度くらい言ってるのが聞き取れる。「公園のカジノのところね」「……そうさ。見に来てくれ」「面白そうだ」「ヤー、すごくエキサイティングだよ」「ダンキュー」。ヤンは俺の肩を抱いてテーブルを回る。客は老若男女のカップル、男同士女同士、様々だった。彼らがアートに関心があったかどうかは知らない。美術関係者じゃないことはあきらかだった。休日の夕食を楽しんでるゲント市民と旅行者だろう。けど、ひとりもヤンと俺を拒絶しなかったし、みんなちょっとしたハプニングを楽しんでいた。笑い声。

俺は東京で知らない人間と笑ってアートの話、したことなんてあったっけ。

〝笑顔！〟　俺にはコレが新鮮な驚き《ショック》だった。

ヤンはアートがわかりそうな人間を選んで話しかけてるようには見えなかった。もったいぶったつまらねえインテリの気取りやかっこつけ、尊大《えらそう》なところがまるでないチャーミングな笑顔だ。

「日本から来たアーティストだ。これからゲントで制作するのさ。よろしく頼む！」

と。彼らはヤンを好きになったに違いない。俺にも興味を持ったみたいだ。彼らはたぶん美術館に来るだろう。

なるほどな……。

ところが、次に行ったバーみたいなところ——アート関係者が多い店らしい——そこでヤンはいきなり大げんかを始めた。今にも殴り合いになりそうな剣幕で何人かを相手にテーブルを叩いて吠えまくった。雷みたいな怒声が狭い店に響く。向かってきた相手を叩き伏せるような容赦ない言葉の嵐が£§#¥£$$&¥#@#§£！って続く。
それからカウンターに座ってタバコを巻いてる俺のとこに来て、
「オレは敵《エネミー》が多いんだ」と言ってウインクした。
……ジェットコースターに乗ってるような日曜だったな。
そして今日だ。
オフィスの白い壁の棚の上に俺の黄色い三つの林檎の画が掛かってる。さすがに嬉

しくて眺めてたらフィリップが横に来てこの画が届いた時のことを面白そうに話してくれた。

「この画がクレートに入って着いた時、ヤンはぴょんぴょん飛び回って早く開けろ！　早くしろ！ってすげえうるさかったんだぜ」、フィリップが可笑しそうに笑いながら言う。

「で、クレートのフタを開けた瞬間、作業員が、『あ』ってびっくりした声出して、『しまった！　壊れてる』って叫んだんだ。ヤンが『なに!?』と驚いて『どけ』って覗き込んだ。

『どこだ？』『ここです』。作業員が指差した。

ヤンが二、三秒後にゲラゲラ笑い出して『いや、壊れてるんじゃない！　こういう画なんだ』とニコニコして説明した。だからきみは保険会社に連絡する必要はないんだと。作業員が『でも、キャンバスが外れてしまった』とまだ言っているのがヤンは本当に嬉しそうだったよ」

「ほら、この辺さ」、フィリップが画の左下のほうを指差した。木枠が歪み曲って、キャンバスがたわんでる箇所だ。

マリリーンが「ビューティフルだわ」と言った。

ヤンの部屋に行くと、小さいけれど一度見たら忘れられない画が掛かっていた。絵の具がパリパリになって一面ひび割れてる。いつ頃の画だろう。古い画に見える、でもなぜかやたら現代的だった。

この画はなんだ？　思わず見入ってると、ヤンが、

「リュック・タイマンスだ」と言って、#£&€$@#*※$$€って数字を言った。たぶん値段なんだけど、聞きとれない。この時俺はタイマンスも知らなかったし、その《Body《ボディー》》っていう小さい画——一見普通《シンプル》に描いてるようだけど、なにかとんでもない異彩を放ってる——この画がいったいいくらするのかまだ関心がなかった。

「マサァト、林檎の画をパリのグループショーに出すからな」

「あれ？」

俺はオフィスのほうを指して言った。

「違う。もうひとつのほうだ」

ヤンは大きい自分の机の上にその展覧会のカタログを広げて俺に見せた。ローズマ

ダーを使った三つの林檎の画が載ってる（こうして見ると、これは林檎というより完全にお母さんとせんせいと俺の三つの首だった）。

「この画にはルーベンスとルノワールとポロックがいる」。ヤンが林檎の画を指差しながらキラッと俺を見る。ん？　俺は画を覗き込んだ。ルーベンス、ルノワール、ポロックか、へえ、面白《おもしれ》えこと言うなあ。考えたことなかった。新鮮な並べ方だ。なんつうかわかりやすい！　俺が知ってた日本の評論家じゃまず聞かないね、もっと狭い範囲《カテゴリー》で括ろうとする、自分の理論のためだ。

「明日オープニングだ、私の車で一緒に行こう！　朝ホテルに迎えに行く、オーケー？」

俺はパリに行くのはオーケーだと答えてから、ヤンにもうホテルにいたくない、と言った。あのホテル（Holiday Inn Expo）がイヤなんじゃなくて、ホテルは必要ないんだ！　スタジオに連れてってくれ。俺はそっちのほうがいい。

「今夜からスタジオに泊まりたい」って言ったんだ。たぶんめちゃくちゃな英語で。いや周吾が言ってくれたのかもな、俺はまだ英語全然しゃべれなかったはずだから。しゃべれないいんだが、ヤンのシンプルな言葉と強い眼の光は俺にはわかりやすかった。だからひどい英語でも俺は自分で話そうとした。

俺ハ嫌いだ、ホテルが。アイ・ゴー！・ステュディオ。スタジオで寝る！

ヤンは俺がいない時周吾に「あいつは本当に日本人か？」と聞いたってさ。

ダーフハース通り五二番地

スタジオはヤンの家があるダーフハース通りの歯医者の二階だった。

歯医者ったって日本みたく外に看板もなんも出てねえから通りを眺めたって全然見つかんない。石畳の道を自転車を押しながら番地と名前を確かめる。ダーフハース通り《ストラット》五二……、ピート・ド・ワイルド――大家の名前だ。ワイルド？　オスカー・ワイルドみてえ、ボーン・ツ・ビー・ワーイル♪　ここか。扉の前に立っても建物の奥行きや広さが想像できないのは赤い扉と同じだ。貰った鍵《キー》を差し込むとカチッと音がしてドアが開いた。

鉄のドアを押して中へ入ると長いコリドールだった。突き当たりまで三〇メートルくらいありそうだ。床を工事中らしい。石が片側ボコボコにずっと掘りおこされてる。なんだ電気点かねえよ。ドアが閉まると暗闇で工事中のトンネルみたいだ。なにも見えない。ヤッホー。穴に落ちないように手探りで壁伝いにまっすぐ進んでくと、上のほうから薄っすらと光が落ちてきて突き当たりのデカイ鉄のドア（ワイルドさん家のドアだろう）と、その手前の左側に歯医者のオフィスらしい窓、右にトイレと階段が見えた。この上だな。やけに急な木の階段だった。トントントンと二階へ上がると左右の窓から光が差し込む踊り場に出た。

〝うわっ！〟

スタジオが明るい踊り場の先にパアーっと広がっていた。

本当に！俺には〝わっ！〟って夢みたいな空間が眼の前にパアーっと広がって見えたんだ。

右の壁際をアトリエの端まで二本走ってるヒーターのパイプがすげえ長くて、横に並ぶ開き窓から見える赤茶の屋根と空がまるで車窓のパノラマみたいだ。木のスウィングドアじゃん！　バーンと押して突き当りの壁まで走れる気がするよ。国立の一〇倍はあるぜ！　なわけねえか、〝イエイ！〟　階下《した》の暗闇が深かったから光が入る二階がよけい眩しく感じるのかもしれない。この光と影、こういう劇的な強い明暗のコントラストは日本じゃ見ない。

やっぱ立体的だな、こっちは。顔も体もそうだけど……。

硬そうな赤茶の厚いレンガの床だ。真下がコリドールの空洞だからよけい反響するのか、靴音がいい！　俺は嬉しくて日本から履いてきたグレーのブーツでスタジオをカツカツ音を鳴らして歩き回った。

スタジオから美術館・カジノまでは自転車で五、六分ってとこだ。さっきフィリップが「ダーフハース通りなら駅のほうを廻らずにスポルト通りを通って大通りを南に上っていくほうが速いよ」と地図を見ながら言ったとおりだ。「オレはスポルト通りに住んでるんだ。オレの家はココ、マサト、きみのスタジオまでヒュッさ」。

ヒュッと口笛吹きながら地図にしるしをつけてくれた。

フィリップとはその後一番近くで作品の話をする仲になる。毎日のようにスタジオに来ちゃソファに寝ころんでなんでも話した。俺が制作してるところにいたんだ。

ヨーロッパだあ！　画材屋シュライパー

赤い扉の中に戻るとヤンがどうだ？スタジオは気に入ったか？みたいな顔で「ハッピー？」って聞いてきた。

俺は「サイコー！」って答えてヤンに、「絵の具《ペインティング》が欲しい」と言った。

ヤンは「もちろんだ、シュアーシュアー！」と言いながら、ライオンが吼えるように「キム！」と呼んだ。俺にウインクしながらなんか言う。ビューティフルな連れだぞ、みたいなことだろう。

いい天気だった。白いちぎれ雲が青い空のすげえ上のほうに浮いてる。

ゲントって空が高え！

昼のサンドウィッチ――フランスパンにチーズ挟んでカラシ塗っただけのそれがあ

まりに美味くて俺はしばらく毎日これを食い続けるんだけど——を食ってから俺はトラム《路面電車》に乗って街の画材屋へ行った。キュレーター見習いのキムっていうアジア系の女性が一緒だ。

美術館前の大通りを渡るとすぐ旧市街だ。建物が急に旧《ふる》くなる。石の塀や壁に文字や顔の落書きが描いてある両側に店が建ち並ぶけっこう狭い通りをトラムは走っていく。

ヨーロッパだあ！
七、八分乗って運河沿いの絵葉書や雑誌を売ってる売店の前で降りた。トラムにぶつかるんじゃないかっていうくらい、細い石畳の歩道を人がたくさん歩いてる。街の中心《センター》らしい。
「Schleiper《シュライパー》」っていう画材屋が広くて明るいのに俺はびっくりした。俺が知ってる画材屋は暗かったからなあ……、〝懐かしい国分寺画材！〟ルミネの世界堂だって電気は、ワッツ・ハプン？　なにがあった？ってくらい煌々と点いてっけど、どんなに電気が明るくたって、ある意味ジトッと暗かった。そもそも芸術ってのが日本ではなんか暗いイメージなんだろう……。てか俺が暗かったのか!?

ここはゆったりと広い階段がフロアーの真ん中辺にあって、一階はキャンバスや木枠、紙があった。キムに「キャンバス買っていいか？」って聞くと、もちろん！と言うから店員にいろいろ見本を見せてもらい、手で触った感じで決めた。白地がきれいで柔らかい、ただしここは〝ワイルドで行こう！〟と目の粗い厚めのロールキャンバスを七メートル買った。まだ一点目のサイズもなにも決めてないけど、赤い扉展はこれで足りるだろう。木枠《フレーム》は美術館のマエストロ、レオがつくってくれるらしい。

二階へ行くと（大きい窓があって）売り場はもっと明るい。そこに見たことのない大きい油絵の具があった。

ヴァン・ゴッホの二〇〇ミリリットルのチューブだった！

ヤベエ！

いきなりゴッホの顔が印刷された白い大きい箱が棚に並んでるのを見て俺は興奮してキムにこれを買っていいか聞いた。

「どうぞ」とキムがキュートな笑顔で言う。

「シュライパーは赤い扉展のスポンサーなのでダイジョウブ」。そう言ってショッピングカートを押してきて俺の横に立った。

俺は選ぶのにちょっと時間がかかりそうだし、ゆっくり見てえし、キムにその間ずっとそばで待ってる必要ないって、「どっか行っててていいよ。三〇分くらい、ひとりにしてくれ」、覚えたてのテイク・ユア・タイムみたいなことを言った。

するとキムは「アイ・アム・ウィズ・ユー！」と言ってにっこり笑うとカートを置いてそこらをブラブラし出した。

アイ・アム・ウィズ・ユー、わたしは貴方と一緒にいます……？

あっそ、まあ、好きにしろよ。俺はゴッホの絵の具の箱を開けた。

えっ！

こんなに大きい銀色の油絵の具のチューブは日本で見たことなかった。いや、もしかしたら世界堂にはあったのかもしれないけど、俺は見たことない。てか、もしあったってきっと俺には見えなかったんだろう。俺が日本でこの絵の具を手にとることはなかったはずだ。だってどう見たってコレはズボンのポケットに入るサイズじゃねえもんな！　てことはこの絵の具は〝国立《くにたち》のアトリエには大きすぎる絵の具だった〟ってことだよ。（横に将来彼女になる人が座ってたって、見えなきゃ見ねえもんな……）。

いろんな用事を済ませて、そのあと美術館のみんなと店行って夕メシ食って、スタジオに帰ったのは夜の十一時を過ぎていた。コリドールは真っ暗だけど、階段を上ると踊り場は月明かりでほんのり明るかった。俺はシュライパーの大きい袋を三つ抱えてスタジオの木のドアを押した。グリーンのペンキの厚い木のドアが西部劇みたいにギイギイ動いた。スタジオの中も長い窓からの月明かりが差し込んでいた。袋の中身は全部ゴッホのでかい油絵の具だ。俺はスタジオのレンガの床に絵の具の白い箱をドサドサッと全部ぶちまけた。

第一夜

　俺は自分の画はなにを描こうと、絵の具とキャンバスと木枠をひとつにして生まれる——その存在の仕方にあるから必然的に空間と関わる——空間的な絵画だと思っている。

　だけど思えば国立のアトリエでは画の中と画の周りに確かに空間はあったけど、画が失くなるとそこは空間なんてないただの空《から》だった。空の画があった時……、空戦の画室の画があった時……、絵画の子があった時……、林檎の画を描いてる時、画の中はもちろん画の周りにも空間はあった。それは間違いない。俺はいたよな⁉　画を描いてるその瞬間アトリエに生まれた空間の中に！　でも、画を運んでしまえば画と一緒に空間も消えた……。

　画のない部屋はただの空っぽの部屋で、空っぽの部屋に俺は空間を感じることはなかった（せんせいは空間と関係ない！）。だからいつも描いてたんだ（やれオープニングだとかそんなん行けるかよ）。

空戦の最中にライターの藤原えりみさんが『ブルータス』の桂真菜さんとアトリエに来て「アトリエは天使の住む場所」っていう記事を書いてくれたことがある。天使が住むってのは言い方を変えると〃いねえ〃ってことだ（いなかったのは誰なんだ⁉）。たぶんひとりや二人の話じゃないんだよ。いないから俺は画を描いた。俺の画を不在証明だと言う人がいた。空白を充たすように画が生まれ、壁も床もない宙空のような白い場所に俺は画を掛けていった。せんせいはそこに現れるからだった。

今、俺は硬いレンガの床に寝転がって国立の木の床とは全然違う硬さというか抵抗感と冷たさを感じていた。硬《かて》え。絵の具だらけになっていた木の柔らかさ、温もりはここにない。俺は頬を石の床につけてみた。冷《つめ》て。冷たかった。

立ち上がって壁のほうへ歩き、コンコンと漆喰の壁を叩くと国立のアトリエとは音も硬さも全然違う……、俺はこの時初めて自分の外にある床と壁を意識したんだ。

もう夜中の三時だけど全然眠くない。疲れてっけど、興奮してんだろう……。奥の部屋には簡易ベッドがあった。開き窓を開けるとシャツ一枚じゃちょっと寒いぐらい、九月上旬とは思えない夜の冷気が入ってくる。通りには面していない窓からこの家の一階の屋根と夜空が見える。

……そうそう、ゲントに現代美術館はなかったんだよ。正確には現代美術館の建物はまだなかった。赤い扉の中に膨大なコレクションを入れていくでっかい収蔵庫があるだけだった。これからその収蔵庫で展覧会やって、今建ってるカジノの敷地にミレニアム前、一九九九年に新しい巨大なゲント現代美術館が開館するらしい。
ヤンはずっと〝屋根なし館長〟って呼ばれてたそうだ。建物がないから外で展覧会をやった——それが「シャンブル・ダミ《友人の部屋》」か。自分の家がないから友だちの家で展覧会やったわけだ。俺はヤンが好きになった。赤い扉展が終わったら来年、大工事に入るんだという。

ベッドを窓辺に動かして横になってから、あることを思い出して俺はひとりで可笑しくなった。シュライパーでのことだけどさ、絵の具見てたらやっぱ気がつくとすぐ一時間とか経ってるわけ。俺が通路にしゃがみ込んでゴッホの絵の具見てると、またキムがすぐ横に立ってたから、覚えたての、

「キム、ユー・アー・フリー、自由にしてていいよ、プリーズ・リーヴ・ミー・アローン、俺を放っといて」って言ったんだ。もうちょいひとりにしてくれよ、って感じで。

　そうしたらキムはまた、

「アイ・アム・ウィズ・ユー」

と言って二、三メートル離れて棚かなんか見てるわけさ。

三回は言ったかなあ、三〇分放っといてくれとか、どっか行ってれば？って。でも俺が何度あっち行ってろよ、って言ってもその度に、

「アイ・アム・ウィズ・ユー」

って、こうなんて言うか、やけにキッパリ主張するように答えるんだ。初めて会った女性と出かけて私、貴方《アナタ》と一緒にいる、アナタトイマス、って何度もそう言われたらそんなに俺と一緒にいたいのかって思うだろ？　なんかさ、誘わなきゃいけないんじゃねえかと思って、シュライパー出た時トラム通りのカフェ誘ったんだよ。「ちょっ

と飲んでく?」って。そうしたら、ノーノー、早く美術館に帰りましょう!ってあっさり断られてしまったわけ。

さっき帰りの夜道を歩きながらフィリップにその話をして、「なんなんだ? アイ・アム・ウィズ・ユーって」と言ったら、

「マサト、アイ・アム・ウィズ・ユーっていうのは、ただのイエス・アイ・ドゥのことだよ」と。

はい、わかりましたってことで、なんの意味もないんだってさ。でもふざけて言ってたんじゃないかな。まるで王様《キング》に使うような言葉だぜって、笑ってた。

窓は東向きだった。空が明るくなってスタジオの床に朝陽が差してきたから。

二　マサァト、きみをゲントに呼んだのは……

俺の国際展のデビューはサンパウロ・ビエンナーレだった。

ゲントに来たのが九月。赤い扉展のオープニングは十一月九日だから二か月制作できる。ダーフハース通りのスタジオで一点仕上げたあと、俺は九月の終わりにサンパウロへ飛んだ。ビエンナーレのオープニングは十月五日、弟の誕生日だからよく覚えてる。

実はゲントのスタジオでつくった一点目の画はたいして良くなかった。縦長の一二〇号。黄とオレンジの焔《ほのお》なんだが、ゴッホの絵の具にテンションあがりすぎたか気持ちが逸《はや》りすぎたのか、やっぱ早くいいとこ見せようとしたんだろうな。ヤンがどう言おうが、オレたちはまだオマエのことなんか認めてねえぞ。オマエになにができるんだ、早く見せろよ！　暗に顔がそう言ってる。事実、俺にネチネチと絡んでくるキュレーターやアーティストたちもいたからな。結果を早く出したくて、すぐできることをやっちまって！　それでも自分じゃあけっこういいんじゃないかな、なんて思ってた。画ができた、ってフィリップに聞いてヤンが早速見に来たけど、ちらっと見て「ああ、グッド」そう言って三秒で帰った。〝三秒〟だ！　大げさに言ってない。つまりグッドなんて言葉は、あっそう、みたいなもんだ。少しも良くない、屁《へ》だよ。


　サンパウロに行く日、美術館のロルフが車でブリュッセル空港まで送ってくれることになっていた。俺はシャツに革ジャン、鞄一個持ってヤンに「サンパウロに行ってくる」と挨拶に行った。その日ヤンの部屋は、アーティストたちから届いたプレゼントだらけでやたら賑やかだった。机の上も「LOVE」のカードでいっぱいだった。

「いつ戻るんだ？」

とヤンが俺に言った。

「十月十日。サンパウロからニューヨーク行くんです。ジャパン・ファウンデーシヨンのみんなと」

「ニューヨークに行くのはいつだ？」

「うーんと……、十月七、八、九」

ヤンはクリスティーヌと #%^_^@¥*-¥ と話してからにここして、

「私もその頃ちょうどニューヨークにいるんだ。向こうで会おう」

俺にちょっと待て、そう言ってから紙になにか書いて俺に渡した。紙にはギャラリーの名前がいくつか書いてあった。あとなんとかコレクションとか。

「ユー・マスト・ルック」

「オーケー」

クリスティーンにキスして大きい胸でハグされて、じゃあってピースサインをして部屋を出ていこうとした時だ、ヤンが、

「マサァト」

と俺を呼びとめた。「ちょっと座れ」と。ヤンのこんな（少し怒ったような）顔は初めてだった。俺はヤンの部屋のソファにこの時初めて座ったかもしれない。ヤンは俺の眼をじーっと見ながら、俺がわかるようにひと言ひと言ゆっくりと言いはじめた。

「アイ・インバイティッド・ユー……わかるか、マサァト、きみをゲントに呼んだのはきみがかつてやったことが理由ではない。きみがやろうとしていることのためなのだ」

「ドゥ・ユー・アンダースタンド？」

嬉しかった。この言葉は今日から俺の宝になると思った。

「ヤー、アイ・アンダースタンド！　オフコース！」

俺はヤンにどん！と背中を叩かれてサンパウロへ行ったんだ。

第二三回サンパウロ・ビエンナーレ

南半球ブラジル、サンパウロの十月は春だ。カラッとしたいい天気、一七、八度かな。革ジャン持ってったけど、太陽が出てる間はシャツ一枚でいい。チョコレート色の美男美女が目立つストリートには人がめちゃくちゃ多くて土ぼこりが舞いたっている。

この時サンパウロの治安がすげえ悪かった。（強盗、誘拐が多発して）俺たちは交流基金の用意したマイクロバスでホテルと展覧会場を行き来するだけで勝手に出歩けなかったんだよ。

原始的なみどりがムンムンするような公園の一角に巨大な近代建築が建っている。ビエンナーレの会場だ。三万平方メートルもの巨大な展示館に各国の現代作家の作品が一堂に会する。ヴェニスと並ぶ二年に一度の世界最大の国際美術展！だと聞いていた。国別展示は各国ひとり、七五か国から七五作家が出品してる。

そのひとりに選ばれたのは光栄だけど、日本代表なんて言っても世界の中での扱いは低かった。与えられたのは三〇メートルの壁面ひとつで俺はそこに日本から運んだ五点の画を展示した。

ビエンナーレ会場を見下ろす巨大な壁に極彩色で七つの星形を描いてる、アメリカ代表のソル・ルウィット辺りとはえらい違いだぜ！　あとフランス代表や……キューバ代表……、んーなんて言うか、全然違うんだ。もっともそんな壁しか取れなかったのは、日本の国力どうこう言う前に、俺の作品がまだまだだったってことさ。

ただ……俺はこの広いビエンナーレ会場を回ってみて、ペインティングが言われてるように旧《ふる》い＝オールドファッションだとは少しも思わなかった。こっちに来て初めて絵画をまるで時代遅れのメディアだって見るアートピープルが多いことを知ったんだよ。確かに今回のビエンナーレのテーマは「千年期の終わりにおける美術の非物質化」だ。絵画、彫刻っていうモノから、インスタレーション、空間作品、ヴィデオ、パフォーマンス、映像作品、サウンド、コンピューター……、美術が有形無形の様々な方向へ拡張していってることは肌で感じる。生活がそうなってるしな。でも同時に展示館正面にはゴヤ、ムンク、ピカソ、アンディ・ウォーホルの看板や垂れ幕がバーンと掛かってて、これらオールドマスターの画も同じ会場に並んでる。

　初めて一度にこんなたくさんの現代のアートを見ていると、キデイランド——おもちゃ屋に行った感じに近い。最初はカラフルな色や面白いかたちが眼に飛び込んできて、それが動いたり、音が出たりすっから、へェ〜楽しそう！　オッ！とか、えっ？ってワーっとテンション上がるけど眼が慣れてきてよく見れば、まあ、普通だったりする。次から次へと見てくと飽きるっしょ。でさ、思ったよ、アートは、アーティストの考え方を知れば面白い、けど知らなきゃなにもわかんねえ！って。「考え」「アイデア」「コンセプト」、これが疾《はや》いようで案外遅い、速さが大事なら現実や科学のほうがよっぽど速い！

　ゴヤ、ムンク、ピカソ、ウォーホルを見て歩きながら俺には画がモノという感じはしない。てか、そりゃあもちろんモノを使ってるさ。絵の具だって、キャンバスだってモノだ。けど肝心なところはモノではできてない。モノじゃなかったらなんだ？そこんとこは「人間がなにでできてんのか？」って問いに近いな。

　絵画は確かに現代のスピード感に合った媒体《メディア》じゃないかもしれないが、見る国や時代の巡り合わせで同じ画が新しい顔を見せて生き続けていた。
驚いたよ、ムンクの白ってこんなに明るかったんだ！

画の見方は変わる。てか正しい見方なんてどこにある？
評価の基準も変わる。てか基準《スタンダード》てなんだろう？
とにかく速さじゃない。

国別代表展示と、歴史的な巨匠たちの特別展示。もうひとつ、この年のビエンナーレ会場には世界の七地域——西ヨーロッパ、東ヨーロッパ、北アメリカ、ラテンアメリカ、ブラジル、アフリカ・オセアニア、アジア——からそれぞれ数名が参加するウニヴェルサリス——ユニヴァーサルというセクションがあって現代の空気を発散していた。
ボランティアのサンパウロの学生たちが会場を飛び回って働いている。働くというよりしゃべったり踊りながら！　陽気で気のいい連中だ。俺も彼らと一緒に壁に立て掛けてある自分の画を展示していく。

ビエンナーレで展示したのは《絵画＝空》《絵画の子》《画く力》《タイトルなし》《タイトルなし（アーティスツ・ライフ）》の五点だった。

一〇年前国立のアトリエで最初に描いた《絵画＝空》をまず壁に掛けた。「空」は何年前だっけ、東京国立近代美術館に収蔵されていた。美術館から借りてきたんだ。

その横に白い壁の空間をたっぷりとって《絵画の子》を掛ける。《絵画の子》は九二年の赤ん坊じゃなくて縦の画室の画だ。空戦の時のモチーフ＝画室をペンキじゃなくてカドミウムイエローの油絵の具で完成させたかった、一点だけ！　画室に絵画が生まれる瞬間の光！　これは二年前の第一回VOCA展で奨励賞をとった。賞金の一〇〇万はマジ助かったけど、グラグラの木枠にキャンバスを張りながら、画が生まれる光景を描いて、俺としては木枠とキャンバスと画を最後ついに一瞬のうちにひとつにできた！っていう自信作だったから、奨励賞だと？　大賞じゃねえの!?って、すげえがっかりしたんだよな。大賞は福田美蘭と世良京子だった。あとで奨励賞も危なかったと聞いてもっとびっくりしたけど。

一九九五年の《画く力》は赤ん坊より大きくなった絵画の子だ。丸い大きい頭と伸ばした腕と背中、尻、突っ張った足のテンション、体を上下左右から引っ張るように！

子のカラダがキャンバスから堕ちないように木枠に引っ張って張りながら描いた。この作品はまたVOCAに出たけど今度は賞も……。ヤメた！　バカバカしい、俺はこの時そんなことはもうどうでもよかったんだ。

《タイトルなし》っていうのは二×三メートルの横長の画で、アンバーのキャンバスに群像みたく見えるのは国立のアトリエの床にずらーって並んだホワイトスピリットのオイル瓶だ。九五年、あの頃よく瓶を描いた。瓶は人間だった。アトリエの床に一本二本三本……、初めはばらばらだが、時に秩序を求めるように列を組んで増えていくテレピン油の瓶があの頃の俺には唯一人間的な——煌びやかな美の戦士たち——に見えていたんだ。もちろん〝せんせい〟もお母さんもみんないる。俺は向かって手前のほうに並んでる平のただの兵士のひとりだ。

《アーティスツ・ライフ》のバーントシエナとカドミウムイエローディープの焔の中に立っているそんな兵士たちのイメージは二×四メートルのキャンバスを横長の長いフレームに張りながら描くことから生まれた。

国立のアトリエから出す時は、窓を全部外して画の裏に桟を補強してそこにロープを巻いて通りへ降ろしていった横四メートルの作品。運送会社の松下アートのみんながレスキュー隊みたいな生命綱を浅井ビルの屋上の柵に括りつけ、《アーティスッ・ライフ》を下の通りに降ろしたんだ。その時枠につけた補強の桟を外して四角だけになったこの画をサンパウロの壁の釘に掛けると重さで木枠がミシッと軋《きし》みキャンバスがたわんだ。

ウニヴェルサリスのアジアエリアで大量の竹《バンブー》を組んで家をつくりはじめていた蔡國強が、龍のようなゆっくりした足どりでやって来た。

蔡さんは去年ワタリウムの「水の波紋展」で東京に来ている時、俺のことをヤンから聞いてたらしい。俺の画を眺めながら

「小林さん、悪いことやってますね」と言ってニヤッと笑った。

ビエンナーレに来て一番良かったのは、俺の画がマダマダだとわかったことだろう。そう、さっきも言ったけど、まだまだなんだ。国際展っていうのがどういう場なのかなにも想像せず周りがなにをやってようが俺は俺だ、関係ねえ！と、大事な自分のスペースのことさえろくに調べず日本から輸送して、ただあてがわれた壁に掛けただけの自分の画を眺めながら、俺の画はこんなもんじゃないと叫びたかった。

画のフレームが軋《きし》む音

〝俺はまだなにもやっちゃいない〟

この言葉がサンパウロにいる間ずっと俺の頭ん中で鳴っていた。

ここに来てるアーティストたちはみなそれぞれ独自の方法論を持ってて、それを外へ向けて発信してるように見えた。それは自分の内と外との対話、社会っていうのか？国を越えて、この世界に向けて己の方法論を実践してる。

ウニヴェルサリスに参加してる柳幸典さんは下が見下ろせる広いフロアーに砂ででき た世界各国の国旗を並べてアリに世界中の国旗を横断させ侵食させていた。アリたちはブラジルで集めたんだと言ってた。

蔡國強は中国の竹《バンブー》を赤い提灯で飾った電飾みたいな家をつくり、人を招き入れてマッシュルームティーを振る舞っている。メイド・イン・中国製《チャイナ》の小屋の中で世界各国の様々な国籍の人たちがキノコ（雲）のお茶を飲んでいた。

インドネシアのヘリ・ドノは土着的なプリミティブな天使を天井にたくさんぶら下げていた。天使たちは不完全に動いてた。つい不完全と言ってしまったがもしこれを不完全と言うなら完全ってのはなんて貧しいものだろう！って思うよ。静かなモーター音とゆっくりした天使の動きがレゲエっぽい。ヘリ・ドノは平和を祈念してるんだろう。

で？俺はなんだ⁉　〝約四角〟、〝約平面〟、キャンバスを木枠に張りながら描くオイル・ウィズ・キャンバスって言ったって日本から運んだ画をパーテーションみてえな壁にただ掛けただけじゃねえか！　これなら俺が来なくたって誰でもできる。

展示はすぐ済んだからそれからは開き直っていろんなアーティストと出かけたり、ボランティア学生のナナやホセのアパートに行ったり、酒井忠康さんや名古屋覚くんと遊んだ。（本江さんはあんまし遊ぶって感じじゃないしさ）遊ぶったって通りは歩けなかった。車で観光すんだけど、信号で車が止まるとブラジルのガキたちがさーっと集まってきて勝手に車の窓ふいて金くれって窓を叩く。あしたのジョーのサチや太郎みてえな太えガキたちだ。（はっきり言ってサンパウロじゃ名古屋くんが一番顔が効く。名古屋くんと一緒なら大抵どこも潜り込めたよ）。日本のパーティーがあったり、各国のパーティーも回った。俺はずっと英語しゃべってたんだよ。ね？　岡部さん。

そういやあ何人かのアーティストから「コバヤシ、きみは画の裏に動物を入れてるの？　ラット《ネズミ》とか……」って聞かれておどろいたな。なぜそう思うんだ？って聞いたら、音がするよ、と。

ラット？　いや、ラットはいないはずだ。笑いながら画に顔を近づけて《アーティスツ・ライフ》を見ていたら、あ！、ほんとだ、壁から木の軋む音がギイ、っと聞こえた。それは〝俺の画のフレームが軋んでる音〟だった。

蔡國強は提灯の家の中でお茶を飲みながら遊ぶトランプまでつくってきていた。箱はみょうに明るい、中は不吉な黒いペンのキノコ雲のドローイングがプリントされたカードでポーカーをしながら、俺はこれ（顔の色も言葉も文化も違う様々な人種でこのポーカーをしてること）も美術なのか？と考えた。

アートってなんだろう？

カードをポケットに入れて公園をぶらつきながら俺は初めてこの時代、この世界のことを考えた。「ART」かあ……アートってなんなのか？　俺にはまだわからない。

でも、悪い気分じゃなかった。

全然悪い気分じゃない。

なんか楽しくなってきた。

アートってなに？

ヤン・フートはアートがなにか？なんてわかる人間はいない、我々がすることは問い続けることだけだ、と言っていた。

ボブ・ディランが「風に吹かれて」で、答えは風に吹かれている、と歌った時、あなたは少しも答えを出していない、と言われたらしい。

笑っちゃうね。〝答え⁉〟

ものごとに正解がある、と思ってるんだろうか。

ニューヨークの本屋で、英語の辞書を立ち読みしてて、ふと「ART」んとこ見たらこう書いてあった。

「Making or expression of what is beautiful」。ビューティフルなことをする……。

ソーホーでPコートを買った。革ジャンよりあったかい上着を買うのは初めてだ。ブルックリンを歩きながら、塀にスプレー缶で画を描いていた子供《キッズ》と話してストリートの落書きをグラフィティーって呼ぶことを知った。

MoMAで俺はゴッホの《星月夜》を一時間くらい見ていた。そして赤い星月夜――レッド・スターリィ・ナイトが頭の中にできたんだ。

ニューヨークで国際交流基金のみんなや周吾と別れてひとりブリュッセル行きの飛行機に乗る。そこから列車で一時間、ゲントの聖ピータース駅に着いた時、俺は帰ってきたあ！って感じた。スウーッと息を吸い込む。もうすでに懐かしい空気だ。ベルガムを巻いて火を点ける。巻くのももう上手いもんだよ。

その足でカジノに向かう。

赤い扉は開いていて、俺が十日少しいない間に様子は一変していた。扉の横の外壁に大きいベニヤ板を何枚も並べてスプレーやクレヨンでほとんどめちゃくちゃな絵を描いてる金髪の若い白人の男が俺に気がついて、ホ？って顔をしてこっちを見た。頭にしてるミッキーマウスみたいなやたらでかいヘッドフォンを外しながら、

「よお、マッサトだろ？　デビッドだ、デビッド・ベード。彫刻家だ。ヤンから聞いてる。サンパウロはどうだった？」

とクレヨンだらけの手で握手してくる。

俺は「近未来的だった」、そう答えて、手についたクレヨンの粉を見ながら「彫刻？……画描きかと思ったよ」と言った。デビッドは「オレは彫刻家だ。もちろん画も描くけどね」

おかしなことを聞くなあ、って顔をクシャッとさせて、「あ、ちょっと手貸してくれないか？」って言いながら外の大きい木と木に幾重にも張ってある三メートルくら

いの高さの洗濯ロープみたいのに手が届くように、脚立に自分が上ると、俺に「そこに重ねてある紙のドローイングを自分に渡してくれ」と言った。そうして和紙に墨で描いたドローイングをほんとに洗濯物みたいに次々とロープにクリップで引っ掛けていく。紙を渡す時俺が「順番は？」と聞くと、

「アイ・ドン・ケアー。どうでもいい。マッサト、きみが選んでくれよ」って脚立を移動させながら笑う。

三〇分くらいやって、デビッドが「フィニイト、できた」って言うから、俺は、え？　マジか？って思ったよ。なんだこのひでえ感じは！　ドローイングと樹がまるっきりマッチしてねえじゃねえか！　ひどすぎるんじゃねえか？　一方で思う……マッチってなに？　単にテメエの知ってる感覚だろ？　おめえにマッチする必要あんのかよ？……ああっ、ちょっとどう見ていいのかわかんねえ感じだ。あー、ニューヨークのギャラリーにあったたな……「Bad」って言ってた。バッド・アート、バッド・ペインティング！「Fuck Taste!」。センスなんて死ね!!ってか？　俺がもう中へ行くと言うとデビッドは「マッサト、あとでドリンクに行こうよ。俺たちは話すべきだ。近未来についてさ。これは大切なことだ」。イッツ・ベリー・インポータント！　大切だと二

回言った。

アーティストたちが乗り込んでくると空気が変わる。こんなデカイ建物なのにやっぱすごいな。何人いたらこんなに空気変わるんだろう。

ゲートの中でもガンガン設営が始まってるいろんな声や音がする。難民の荷車に大量のラグを積みこんでるベリンダにハーイと言ってすり抜けてヤンの部屋に行った。ただいま！って感じ。

「どうだ？」

とヤン。俺が、

「今、デビッドに会った」と言うと、

「そうか、彼はおまえが好きだ」と。

「サンパウロで蔡國強に会った」と俺は言った。サイサイと何度言ってもヤンは全然わからない！　俺は蔡からヤンに渡してくれと預かったトランプを出した。「あー！　ハ、ハ、ツァイ。ツァイ・ゴーチャン！　チャイニーズ・ドラゴン！」。

「ツァイはゲントに来るぞ」

「知ってます」

「それはなんだ?」

ヤンがトランプを見せろと言う。

「あ、これはアナタに。サイ…じゃない、か、ツァイからサンパウロのお土産です」

「私に?」

嬉しそうにトランプの箱を開けると「ビューティフル!」と言ってカードを器用にシャッフルする。

「ツァイはいつ来ると言ってた?」

「確か十月の終わり」

「ビエンナーレはどうだった?」

俺はなにも言わずバッグから大きくて分厚いビエンナーレの本をヤンに渡して言った。

「これから二点目のペインティングをやる」

オフィスでみんなとヤーヤー言い合ってから俺は飛行機の中で描いた二点目の木枠

＝フレームのスケッチを持って木工室へ行った。

「レオ、マエストロ」

「おー、マッサァト、帰ってきたのか」

レオはたぶんイタリア系だ。すげえ巻き舌の英語をしゃべる。背は大きくないけどがっしりした渋い銀髪の職人だ。

「フレームが欲しいんだ。ペインティングの」

「どんなフレームだ？　前と同じのでいいか？　サイズは？」

「いや、前と同じじゃない」

俺は描いてきた紙を見せた。四本の木を組んだだけの四角いフレームが描いてある。レオは眼鏡を上げて紙を覗き込む。

「前の時はこれに頑丈な桟を入れたでしょう？　縦と横に四本も。俺がいらないって言ったのに」

「あー、だがこれでは木が保たない」

「レオ、補強の桟を入れる意味は俺の画には全くないの。四角が動かせないでしょう？　俺はフレキシブルな枠が欲しいのだ！」

レオは俺（の英語？）がなに言ってるかわからないという風に首をすくめて顔をしかめる。

デニーロか!?　喰えねえ親父だぜ。

「とにかく四角だ！　オンリー四本だけ。組み立てなくていいよ！　サイズは二×三メートル。オッケー!?」

「絶対だからな。もし桟つけたら、切るからね」、俺はノコギリで切る真似して言った。

「アイ・ミーン・イット！　本気だからな！」

頑固オヤジめ！　でもまあこんどは平気だろう。

外へ出ると雨だった。久々の雨！　でも傘はいらない、今空は青暗いけど、すぐ雲の切れ間から銀灰色の光が差してサアーッと晴れてくるゲントの天気だ。

「ビューティフルだろ？」、雨でびしょ濡れになって紙が隣どうしくっ付いたりしてるドローイングをニコニコしながら見てるデビッドに「ああ、ドリンクは明日にしよう！」と声をかけて、美術館に置いといた自転車に乗って久々にスタジオに帰ると、コリドールで床工事をやってるワーカーたちが四、五人、奥のトイレと階段の辺りにたむろしてタバコを吸っていた。入り口からそこまで、長い通路はもうすっかりきれいになってる。鳴らしてるラジオの音楽はスタジオ・ブリュッセルだな♬　トイレの前の踊り場のちょうど真下にボコんとひとつだけでかい穴が掘ってある。周りは瓦礫だらけだ。裸電球の灯りでタバコの煙がすげえモクモクしてるし、炭鉱みてえ……なんか映画でこれに似た景色見た気すんだよね、『キュリー夫人』なわけねえ、『大脱走』……違うか。なんだっけ。

俺は穴ぼこを迂回しながら、立とうとするやつらに、ああ、いいよ、って感じで濡れたバッグを持ったまま階段に座ってるやつらのアタマを股ぎながら上に戻った。

スタジオに入るとサンパウロに行く前にやった一作目の縦長イエローオレンジの画が眼に飛び込んできた。

う！　ひでえ！

サンパウロとニューヨークから戻って改めて見るとあちゃ‼って感じだ。

こんなのをよく完成したと言って見せたな！　信じられねえ。

俺は画を両手で持って左右にがくがく振ってから、キャンバスを留めてあるタックスを何本も抜いた。それからボロにルツーセ《加筆用ワニス》をかけて画を拭き取りはじめる。落ちるところは落ちるし落ちないところは落ちない。絵の具を手に出した。

うるせえなあ！　急にドカドカバタンバタン音がすると思ったらさっき下にいたワーカーの兄ちゃんたちがみんな踊り場に集まってきてスタジオのドアを叩いてる。緑のドアの横にけっこう大きいガラス窓があるから、そこに顔をくっつけてこっちを覗いてる連中がよく見えた。動物園の猿みてえだ。まあ向こうからはこっちがそう見えんだろうけどさ。

俺はドアを開けた。「ワッツ・アップ？　なにごと!?」

「ヘイ、入って画を見ていいかい？」

いいって言う前に連中は雪崩れ込むように入ってきた。俺の画を見て「クール！」とか言いながらケラケラ笑う。

「火を描いてんのか？」、誰かが言い「火だ！」「ファイアー！」と叫んで、画のそばでアチョー！とやりだす。だから、何度も言ってるだろう、ブルース・リーは日本人じゃねえんだよ！　ラリってんのか？

俺はあまり寝てねえし、邪魔だ、出てけって追い払おうと思った。と、誰かが、

「ヘイ兄弟《ブロ》、アイ・ラブ・ユア・ペインティング」

なんて言う。そう言われると悪い気がしない、俺もバカだ。

ひとりが開き窓から身を乗り出すように外を眺めてる。と思ったらトントンとヒーターのパイプに上って窓からスルッと出て一階の屋根に跳び乗った。身の軽い黒人だ。ケラケラ笑いながら長い手足で踊るように屋根伝いに歩いてる。雨はすっかりあがっていた。水気を含んだ明るい陽が茶色い屋根に差して濡れた落ち葉がキラキラしている。みんな窓のとこに集まってきた。#¥@**#¥@%^_^*とペチャクチャしゃべり出す。なにが面白《おもしれ》えのか、窓をパタンパタンやって桟を叩いたり。そのうちみんな順繰りに窓から外に出て屋根伝いに隣の屋根から裏の道へ降りて遊び出した。雨もあがって気持ちいいしなあ。

俺はまた画をやり出した。

画には今、本当にきれいな光が当たっている。明るすぎず、暗くもない、色がバルールの端まではっきり見えた。オレンジの赤と黄色の量をほとんど粒子レベルでコントロールできる光だ。

フランドルの昔の画家は〝この光〟で描いてたんじゃねえかな。

しばらくして、みんなゾロゾロ屋根伝いに歩いて窓からスタジオに戻ってきた。上機嫌で俺に「オマエのスタジオは最高だ」「グレイト」とか言いながら握手したり、メルシーって俺をハグしたり、胸を叩いたり、「ペインティング！」「アチョー！」とか叫んで出てった。

ったく！　なにしに来たんだよ。

下の工事も終わって静かになった。

数日後だ。

誰かが緑のドアをドンドン叩いてる。血相を変えた顔のトム（ピートの兄ちゃん）が立ってる。見上げるくらいでけえ。一九〇はある。赤鬼みてえに顔が真っ赤だ。開けると俺の顔も見ずにスタジオに入ってきて血走った眼でなにかを探すように周りを見回しながら奥の部屋にズカズカ入っていく。

「スピーカーを盗まれた！」

大きい声でそう叫ぶと、

「ワーカーたちだ！　知ってるだろう⁉」

ワーカー？

オマエも仲間《グル》なんだろう！みてえな眼で俺を見る。

？？？　よせよ、なんだよ。

「高いスピーカーだ！」

あー！　俺はいつか見せてくれたトムの家の中を思い出した。このスタジオくらいある大理石の風呂場や、いったい何人横になれんだ！って感じのクソでかい皮張りの黒いソファがあった大リビング、そこにあったよあった！　確かに！でっかいスピーカーが！　クールなマイルスが流れてたよ、くそみてえないい音で。あれか！

あれ盗まれたんだ、ワーカー？

あ‼　あいつら。

窓からか！

窓……、〝この窓〟だ。俺は窓から身を乗り出して外を見渡した。

ざけやがってえ！

三〇分後、ポリスが二人ドカドカッとスタジオにやってきて俺はベルギーのパトに初めて乗った。

#%=@¥#*+%#¥&%@#€£$…!!!xx!!!!!xxx

スッタモンダあって……、共犯の疑いは晴れたもののむかついてる俺にトムが自分のプロモーションしてる自転車レースに招待してくれたりして……。

そうこうしてるうちに二点目のフレームが届いた。信じられないことにレオはあんなに言ったのにやっぱり外枠の四本だけじゃなく、桟を三本、横一本縦二本（前は二本ずつ四本だった）つくってよこした。今度は組み立ててないからいいけどさ。

頑固だなあ、デニーロ！　尊敬するぜ。

まあいい、俺は桟は無視して床に木を四本並べて縦と横を合わせてみた。前より太い材木だ。ハンマーでざっと四角く組んで壁に立て掛けてみる。四つの角はちゃんと打ち込まない。四片の長さは全部まちまちだ。

おー、いい感じじゃねーの。この硬い壁だと、これくらい厚い材木じゃないと感じが出ない。

いいフレームだよマエストロ。

二×三メートルの〝約四角〟がこの白い壁にすごくきれいだ。

俺はフレームを手で揺さぶってみた。

動くな。よし、これなら制作できる！

「なあ、フィリップ」、俺はフィリップにしゃべる。

「レオは差し込みの、角のここが保たないって言うんだろ、いいんだよ折れたって。レオには悪いけど……、ここにはキャンバス被せるんだから、木枠だけより、キャンバスと一緒になってるほうが全然強いわけ。互いに支え合うっていうか。絵の具がつけばもっと強くなるんだ」

俺は木枠よりひと回り大きく切ったキャンバスをゆったり木枠に被せてタックスをひとつ上辺に打った。側面にも左と右、一個ずつ軽くトントンって打っ。これでキャンバスは木枠に留まった。

床のカドミウムレッドディープの二〇〇グラムのチューブを拾う。フタを取って、絵の具を見た。床に向けてチューブを振ってオイルを少し落とす。

オッケー、始めよう。

夜空に描きながら

それからは俺の胸ポケットにはMoMAで買ったゴッホの《星月夜》の絵葉書がいつも入ってた。そうなるとどこへ行く時もそうだ。

スタジオと美術館の往復途中、シターデル公園のベンチでサンドイッチを食いながら……、夜、聖バーフ大聖堂《カテドラル》の前の広場にあるフォスケン（キツネ）っていうレストランでスープとパンを食べる時も。

スタジオにはシャワーがなかったから俺は毎日夕方七時頃に絵の具がついた顔と体で美術館に自転車を飛ばした。

ヤンが「ゲントには冬が突然《サドンリー》やってくる」と言ってたとおり、十月なかばのある日ゲントは突然冬になった。昨日までは午後が長くてさ、四時頃に一度陽が沈んで暮れるのかと思ってると五時頃にまた空が明るくなるんだぜ。太陽が二回上るような感じだったのに。それが今日突然冬の風だ！　さむっ!!

俺はPコートを着て聖バーフ大聖堂の前の広場の階段に座ってた。火の気が欲しくてライターでタバコに火を点けて……、タバコの先の火を見ながらこのそびえるような大聖堂の中にあの《神秘の子羊》の画があるんだなぁって思った。そう思うと眼の前の大聖堂が一瞬ポッと明るくなる。「ヘントの祭壇画」と呼ばれてるファン・エイクの画、十五世紀……、五百年も昔の油画なのに、まるで昨日描いたような鮮明な画だった。

陽が暮れる。広場の街灯が点いてきれいな青い夜空だ。

カテドラル、何十メートルあんだろう？　人がすんげえ小さい。小さな光が大聖堂の中で動いてる。《神秘の子羊》はあそこら辺にあるのかな？　俺はあの両翼が扉になった多翼祭壇画を建物の中に想像する。そこがポッと光りゴシック様式の大聖堂の建物が《神秘の子羊》の画の豪華な額に見えてくる。

「あ、スープとポテトね」

屋台で湯気のたつ熱いスープとポテトを一五〇フランで買って、俺は階段に座り胸ポケットから《星月夜》の絵葉書を出した。

この画をMoMAで見た日も通りに風の吹く寒い午後だった。たぶんゴッホがこの《星月夜》を描いたのは夏の夜だろう、糸杉と山やふもとの村の教会と星々との距離感が異常に近い！　てか画に全部巻き込んでんじゃん、熱量で。

にしても、寒い夜空の下で見るとこの画本当にきれいだ。

コバルトの夜空にイエローとオレンジの星の光が渦をまいて俺の眼の前で生きてるみたいだ。ここはサン＝レミじゃないからグリーンの糸杉や……、あ、茶色か、この糸杉、とかブルーの教会の尖塔……はここにはないけど……。

広場に建ち並ぶ店の灯を見ながらゲントの青い夜空を見てると、イルミネーションの感光なのか、大聖堂《カテドラル》の上の夜空は時々黒くなってからやがて赤く見えてくる。

そうか、やっぱ下地に黒入れたほうがいいのか……。黒っていうかウルトラマリン、インディゴ？　いや、プルシャンブルーだな。

俺は聖バーフ大聖堂の広場の上の夜空に赤い星月夜を眼で描きはじめた。

二×三メートルの〝約四角〟を夜空にあてがう。いい大きさだと思う。

空に二×三メートルの画の大きさを想像しながら、夜空ってフレームが自由なんだよね。ズームしたり、引きをとったり、四角をこんなに小さくしても、あの鐘楼の先っちょの赤い燈が入るくらい枠を大きく広げても二×三メートルの画が描ける。

湯気をフーフーやりながら大きい紙コップのスープを飲み終わっても俺はしばらく集中して夜空に描き続けた。

俺の座ってる足下に少し角が折れてる《星月夜》の絵葉書が。ライトアップされて金色にそそり立つ大聖堂の中に、今は見えない《神秘の子羊》がある。これから描く「赤い星月夜」は夜空。俺は三つの〝約四角〟を眺めながら聖バーフ広場の階段に座っていた。


あそこにあんなに光ってる星がほんとはもうなくなっていて、(ここから遠すぎるから)その光が今届いてる、俺はそれを見てる、なんて信じられるかい？

なんて神秘的なんだ！

過去は見えるってことだよな。だって今あの星見てるじゃねえか！　過去を見てるのは今だ。今この瞬間から未来になる。

三　床置きの絵画

俺はドキドキしていた。

完成した二点、縦長の「黄色い焔」と横長の「赤い星月夜」を会場に設置するために美術館のみんなが集まっている。

赤い扉展の当初の展示プランにはない、急きょ俺の画に用意された場所は最高だった。広い階段を上がった二階の巨大空間の壁のひとつで周りはみんなインスタレーション、絵画は俺だけだ。

「赤い星月夜」はやりきった自信があった。

この作品ができた次の日だ……、カメルーンから来てるパスカル・マーティン・タイユーが巨大空間でインスタレーションをしてた。床に石のブロックを並べて歩きながらなんかヒップホップみたいなリズムでずっと口でブツブツ言ってる。

「制作中？」と声を掛けると、

「ああ。アイ・アム・スピーキング。オレ…は…しゃべってるんだ」と言って握手した。ドレッドヘア、赤い唇、チョコレート色の手と白い爪が鮮やかだ。そのまま一緒に二台の自転車に乗ってピザを買って俺のスタジオに来た。

タイユーは俺の画を見て「クレイジーだ」と言った。

それから、やつは今ガールフレンドとドイツに住んでんだけど、ビザが取れねえ、どうしてもビザが欲しいんだ！って話をしてて……、ビザと食ってるピザが混ぜこぜになって二人でゲラゲラ笑い転げてたんだ。

そこへヤンがいきなりやってきたんだよ。スタジオのドアをバーン！と開けて、左の壁を見た瞬間顔がパアッ！と輝いた。できたばかりの「赤い星月夜」の前に立ってジーっと画を見て数秒後「マサァト！」って両手広げて俺に抱きついてきた。

「マスターピースだ！」と。

びっくりしたぁ！　もちろん最高に嬉しかったさ。

ヤンが画の裏を見て驚いたような顔をした。

木枠がメタメタになってたんだ。

確かにレオが言ったとおり、最初に軽く組んだ差し込みは画を描き出したらすぐに折れた。俺は木枠を釘で打ちつけながらキャンバスを被せて画を描いた。桟のないフレームがねじれて折れそうな時、絵の具とキャンバスは木枠を支える助けになった。そうやって画とキャンバスとボロボロの木枠が（支えあいながら）なんとかひとつになって完成していた。

ヤンが「ビューティフル」と呟き、「サンキュー、サンキュー」と俺に言う。俺はなんで礼を言われるのかわからなかったけど。

次の日から入れ替わり立ち替わりキュレーターとアーティストたちが画を見にきて……。

今、その二点が巨大空間の壁に並んで立て掛けてある。新しい美術館の作品の収蔵庫になる空間だ。これからそこの壁に画を掛けようとしてるんだ。

「まさと！」。階段の上の暗がりから誰かが俺を呼んだ。

日本人の声だ。顔が影になって見えない。俺は駆け寄った。

「達男《たつお》！」

宮島達男だった。学校を出て以来だ。

前年のヴェニス・ビエンナーレでの派手なデビューの話は聞いてた。その時の作品《時の海《Sea of Time》》をヤンは「ブリリアント！　ミヤジマは天才だ！」と言っていた。

達男は二階の一角でヴィデオ作品の編集をやってるところだった。

「『赤い扉』にはパフォーマンスをやりに来たんだよ、ヤンと約束したから」と言う。

ここで会えて嬉しかった。

二点の画から二〇メートルくらい離れて引きを取った、大空間の中ですごい遠くからみんなが画を眺めて話してる。キュレーターのハンスと写真家のディリクは天井のライトを指差しながら俺から一〇メートルくらい離れたとこに立って話してる。フィリップは画に近づいたり、離れたり、横から見たり、エバとフレミッシュで話してるからしゃべってることはわからないが、みんな動きながらいろんな方向から俯瞰するように画を見て、近づいたり全体の大空間の中で俺の画を掛ける高さを決めようとしていた。

この景色、どこかで見たことがある光景だな……、
俺はさっきからそう思っていた。
ああ、なんだ、俺が制作してる時の景色じゃねえか……、
もちろん実際にはスタジオに何人も人なんかいないし、こんな広い空間で画描いたことないけどさ……。
俺は制作してる時、画との距離がほぼゼロになるくらい近くなる。ほとんど画の中に入って手で描いてる一方で、すごく遠くからちょうど今こうやって見てるように画が小さく見えるくらいくらい遥か遠くから画を眺めてる自分がいて、その俺も同時に描いてるんだ……。俺は小人になってこの画を描いていた時と空間を追体験してる不思議な気分になった、今見てる景色はデジャブだった。

俺の視界にリカルド・ブレイの褐色の巨体が入ってくる。

キューバのインスタレーションのアーティストだ。ヤンがドクメンタⅨに招《よ》んで、以来ゲントに移り住んでる。この間「キューバってどういう国？」と聞いたら大きい両手で自分の首を絞めるジェスチャーして、「サッド……、ベリー・サッド、悲しい」「ゲントに来てすごくハッピーだ」と答えた。

象みたいなゆっくりとした足で歩きながら、息を吸い込んで、吐き出して、またすうーっと息を大きく吸って、歩きながらゆっくりと床に黒いゴムや服を置いている。作品の扇風機の風がオブジェを彼の息でフーッと吹くように動かしている。大きい体がちらちら画と俺の間に入ってくる。

俺はちょっと気にして左へ動く。

ヤンが「リカルド！　少し右へ行け！」と手を振ってどなった。

リカルドは首をコックリコックリ振りながら象のようにゆっくりと移動していく。

壁ぎわで待機してた作業員二人が、まず赤い画を持ち上げてこっちを見た。ハンスが「もっと上だ！」とどなる。

「上げて《アップ》、上げて《アップ》↑」、天井は高い。二人が脚立に乗って画を高く上げていく。

その瞬間だった。

ヤンが「ダウン!!」

って叫んだのは。


「画を降ろせ！　ダウーン！！！！」


みんなびっくりした。

その雷みたいな声で作業員が二人あわてて駆け寄り画を受け取って床に降ろした。ストップモーションのようだった。画が床に着いた。

「そうだ！　ステイ。そのまま。ステイ・アズ・ゼイ・アー、そのままだ！　画をそのままにしろ！」

改めて壁に立て掛けた画をジーっと見てヤンは「ヴォアラ《voilà》、ゼイ・アー・オーレディ・インクレディブル、ほら、あれらはすでに素晴らしい」。

そう言った。

それから俺の顔を見て聞いた。「どうだ？　マサァト、賛成か？　イエス or ノー？」。

この瞬間、なにかがストンと腑に落ちた。

床置きの画か。

〝画を壁に掛けなくていいんだ！〟

画を壁に掛けなくていい。そんなこと考えてもみなかった！

二〇メートル先の壁に立て掛けてある二つの画の存在のしかたは俺がどこかでずっと夢見てた（かもしれない）画の姿だった。

なにも飾ってない、飾らない、できたままの画、〝床置きの画〟。

明らかに正面性がある絵画だけど、名づけられない感じだ。

〝絵画の子だ！〟と思ったよ。

名前のない……。


達男はウンウンとうなずいていた。

左側の長い壁で龍の火薬画を制作してるツァイがやってきてニヤッと笑ってる。

フィリップが「最高《ファンタスティス》！」と言いながら俺に親指を立てる。

急にションベンを催して、トイレに行ったらタイユーがいた。連れションしながら、やつが、ん？　どうかしたか？って顔をして俺を見た。

「画を展示したよ。壁に掛けないで、そのままにした。床置きだ」

そう言ったら、

「ホワイ・ノット？　もちろんさ」だと。

〝ホワイ・ノット！　なぜノーなんだ〟

なんていい言葉だ！

絵画を壁に掛けずに、床置きにすることはけっこうな問題だった。

俺がこのことをすぐ周吾に電話したらやつは「ヨーロッパに行ってまでなにをふざけたことを言ってるんだ！」とかんかんに怒った。

「きみは絵画を追求しているんじゃないのか!?　あまりがっかりするようなことを言わないでくれ！」と。

俺は「早く来いよ、俺の画は壁に掛けなくていいんだ、素晴らしいことなんだ。見ればわかる！」と言って電話を切った。

「なにあんなに怒ってたんだ？」

「おまえがちゃんと説明しないからじゃねえか！」

「あれは説明できない。言葉で伝えてもどうせいいかげんにしか聞こえねえだろ」

「とにかく床置きの絵画だ」

俺は周吾に言った。

「俺の方法《やりかた》と画の在《あ》り方が初めて一致したよ」

「タイトルは？」

「アンネームドかな、名づけられない」

収蔵庫の展覧会――オープニング

ヤンはたぶんいつも本能的に時代の先を読んでいた。

百年二百年……もっとか、そういう長い時間軸で作品をコレクションしギャラリー空間で展示している美術館の〝収蔵庫で展覧会をすることの意味〟を一九九六年のこの時わかっていた人間が何人いただろう。俺はもちろんわかってなかった。

「赤い扉」展のオープニング当日、騒々しい雰囲気の中、午後からカジノで達男のパフォーマンスを見たりしたあと、夕方からみんな二階のビッグスペースに集まって来ていた。ツァイの龍の火薬画の壁の前で点火が始まろうとしている。ヤンがなんたらかんたら #&¥*%=+-&*#@=+?・!?って言ったあと、十《テン》、九《ナイン》、八《エイト》……、とカウントダウンの声を張りあげる。三《ドリー》、二《ツイー》、一《エーン》！　〇《ゼロ》！

ツァイが一〇〇メートルの壁にガンパウダーで描いた龍に火を点けた。

パンパンパン!!　けたたましい音と同時に炎が壁をボッ！パチパチッと走る。龍頭から龍尾まで火が回るのに七、八秒だ！　消火器から水がシャーッと壁にかかる。瞬間会場が紫煙で真っ白にもくもくになった。すげえ煙だ！　なにも見えなくなる。ぷすぷす消えかかる炎が残っていて、みんなゴホンゴホン咳き込んでたが、やがて煙の晴れ間から龍の火薬画が一〇〇メートルの壁に浮かび上がった。

拍手が収まると、ヤンはテレビ中継のカメラに向かってこの一〇〇メートルの壁に残った火薬画を早速、「買う！」と叫んだ。ツァイに@¥&*#=+-%でどうだ?と公衆の面前で値段を言う。

ツァイのスピーチが始まった。

「この火薬画は美術館の収蔵庫のためのプロジェクトです。この壁は将来の美術館の収蔵庫の壁なのです。火薬画は美術館のコレクションとして、収蔵庫にあり続けるでしょう。この作品は他の作品のように展覧会で見せるためにここを離れることはない。本当の、文字どおり「True Permanent Collection」なのです。真のコレクションとはなにか?　タイトルが示していますよ。

《Dragon Concealed and Tiger Lying Down – True Collection》

龍は隠され、虎は横になる。力なるものを隠し、危険なものを所有しろ、という意味です」


二次会のパーティー会場でマリリーンが俺に「踊らない？」と言ってきた。

ユーロビートがガンガン鳴り響くクラブの中だ。

来た当初は親切だったけど、仕事が始まってからはほとんど最小限のビジネスライクな会話だけで、お高い感じだった。ゲントに来てるアーティストたちや美術館のみんなとメシに行く時もマリリーンは来たことなかった。もちろん華やかだからオフィスに行った時見かけるだけで俺のモチベーションは上がっていたが、でも、まあニッコとしてくれるわけでもない。俺には関係ないんだろう、と思ってた。

彼女と踊りながら、お高いと思ってたのは俺の僻《ひが》みで、こんなに華やかなのになんとも言えない孤独な魂を感じた。それがどこから来るのか、薄々わかっていたけど、翌日、眺めのいいテラスで遅いランチを摘みながらマリリーンは俺にあるラブストーリーを話した。なぜマサァトにこの話をしてるのかしら？　変ね、とニッコリ笑って。

そうして、ひとしきりそんな愛の話をしてからマリリーンはふいにこの話を切り出したんだ。

「マサァト、ヤンがマサァトはゲントに住むべきだって言ってるわ」

そうだ、周吾が昨夜パーティーのあと興奮しながら俺に言ってたなあ。

「びっくりしちゃったよ、美術館のみなさんが次々に俺んとこ来てマサトをゲントに置いてけ！って言うんだよ」

「美術館でもできる限り協力するってさ。どーする？」


うん……。


俺はおととい、フィリップがスポルト通りの彼の家に夕食に呼んでくれて、ウイットローフのオーブン焼き――ベルギー野菜、チコリだ。ちょっと苦味のある乙な味――を食ったあと、渋いアパートのリビングで話したことを思い出していた。

「マサァト、日本に帰るのか？」

「そりゃあ帰るさ」

俺は笑って言った。

「いつ?」

「十一日かな」

「もうすぐだ」

フィリップがガールフレンドのイナを見て言った。

スペイン系のイナがフィリップに言う。

「日本には家族がいるのよ、ねえ、マサァト」

ファミリーって言葉が瞬間ピンと来なくて「いや、いない」、そう答えてから俺は慌てて言い直した。違った! イエス、イエス! 俺は笑ってもちろん家族はいると言った。「母親と父親と弟だ。みんなすごく仲がいい。でも、俺は一緒に暮らしてはいないよ。あ、俺はシングルだ。子供もいない」

「ガールフレンドは? 日本にいるんでしょ?」

フィリップがイナを軽く睨む。ノー、ノー、イッツ・オッケー。俺は笑ってガールフレンドはいないと答えた。

フィリップが両手を擦って、「よし、これでなんの問題もない!」と嬉しそうに言った。俺が「なんだよいったい? ワッツ・ゴーイング・オン? なにが始まるんだ?」、そう言うとフィリップはイナにハニー少しあっちに行ってろよみたいなキスをしてから二コッと俺のほうを向いて話しはじめたんだ。

「マサァト、画おめでとう」

みんなあの作品が大好きさ。エクセプト……、そう言ってフィリップが愉快そうに笑う。

ん？　エクセプト誰？　誰以外？

「ああ！　レオか。マエストロ」

「そう、レオはカンカンに怒ってたよ」、フィリップが可笑しそうに笑ってレオの真似をする。「マサァトはオレのフレームを壊した。最高の木枠だ！　俺はマッサァトのフレームはもう二度とつくらないぞ！」。

「そりゃそうだ。ザッツ・メイク・センス、当然だよ」。俺も笑って言う。

「レオはあの画の裏を見てから口も聞いてくれない」

〝マサァトのフレームは二度とつくらない〟か……。

「マサァト」

笑いが収まってからフィリップが真面目な目をして言った。

「日本で床置きの画を制作、発表できるのか？」

「ああいう作品を制作できるスタジオ、展示スペースはあるのか？　東京にはコマーシャルなギャラリーかコンサバティブな美術館しかないんじゃないのか？」

不思議だ、俺はこのことをまるっきり考えてなかった。

ふと国立《くにたち》のアトリエを思い浮かべた。そういえばこっちに来てから全くあのアトリエの存在を忘れてた。あそこに帰ることも！（せんせいのことは一瞬たりとも忘れちゃいない。忘れることなんてできっこない。俺はせんせいのスーツケースを持ってゲントに来たし）

でも、こっちで使ったゴッホの絵の具や、あんな床置きの画は国立のアトリエには入らないだろう。入りっこないし、つくったってとうてい窓から出ない！　床置きの画なんて四階から降ろしてる途中でバラバラになって旭通りに落っこちるだろう！　あの床！　あの壁、あの天井じゃ無理だ……。

俺はどんなつもりであのアトリエに帰って、帰ってからあのアトリエで明日からなにをやるつもりだったんだろう！

なんて脳天気なんだ！と思いながら俺は「フィリップ、俺はゲントに住める？　そんな可能性はあるか？」と聞いていた。

「もちろんさ。僕がアレンジする。実はヤンからそう言われてるんだ。マサァトがゲントで制作できるようにしろ！って」


〝え？〟


俺はびっくりした。ヤンが？　本当かよ……。

「あの赤い画を見てからさ」


「マサァト」、マリリーンの声がした。

「ヤンは貴方の床置きの画はまだ始まったばかりだと言ってるわ。ここで日本に帰るのはもったいないって」

「ハロー？　だいじょうぶ？」

「マリリーン、大聖堂はどっちだろ？」

「カテドラルね、あっちよ、ほら見えるわ」、マリリーンが北のほうを指して言った。

あー、俺は今こんなに空に近い町にいるんだ。

しばらく忘れてしまってた国立《くにたち》……、帰る街のことを急に思い出したせいだろう、俺は暮れていくゲントの空を眺めながら彼女に聞いていた。

「水の波紋展の時は東京のどこに泊まってた？」

「うーん、アオヤマ？　ハラジュクのそばね」

「原宿か……、好き？」

「べつに……。日本でシャネルやグッチ見てもしかたないもの」

マリリーンが笑って言う。

「でも、私はひとりでオッカイドウにいたのよ、ヤンは忙しかったから」

「ホッカイドウ！　ヤンは北海道に来たの？」

「来たわ。三日だけね」

「大自然が素晴らしかった。北海道の牧場の近くなの。牛のミルクを飲んだわ」

「日本の自然は素晴らしいわ」

俺はダーフハース通りまで歩いて帰った。一〇分くらいだ。スタジオには電気が点いていた。ヒーターがついてて、ソファに明日帰る周吾がいた。

周吾がジロッと俺を見たけど、俺はなんとなくやつを無視して、暗いベッドにばたんと横になった。天井を眺めて……、実はなにも考えてねえけど、考えてるていで……、数分間黙ってた。

しばらくして俺は大声で言ったんだ。

「引っ越すかあ！」

周吾はぷ！っと吹き出してから、

おまえなあ！って、それから「そうだな……、引っ越そう！」って言ったのさ。

浦島太郎のスーツケース

お母さんから貰ったせんせいのエメラルドグリーンのスーツケースがベッドの脇にある。中身は簡単な洗面道具とか、下着とかだ。

さっきまでヤンとツァイが来ていた。余ってたキャンバスでやってた三点目を見に来て……、ヤンは美術館のフレンズに見せると言って画を持っていった。

これでスタジオからきれいさっぱり画はなくなった。

一息ついて、帰り支度をしながら深夜、俺はスタジオで残ったゴッホの絵の具を見ていた。

どうしようか？　興奮してやっぱ買いすぎたよな。まだ箱に入ってる新品の絵の具が山ほどある。これ国立のアトリエに持って帰ってもしょうがないよな……、そう思いながら、俺はスーツケースをスタジオに持ってきて中を開けた。サムソナイトだ。二人でカナダを旅行した時に持ってたせんせいのスーツケース。開けると匂いが……、気がつくと俺はそこに絵の具の白い箱をひとつずつ入れはじめてた。

二〇〇グラムのチューブが入った白い箱をギッシリ詰めたら金塊みたいですんげえ重くなったけど……、フタを閉めた。一緒に帰ろう！って。

ところがさ、十一月十一日ブリュッセル空港のＳＡＳ航空のカウンターでスーツケースを預けようとしたらもうひとつの荷物と合わせて重量が超過してしまったんだ。エクセスチャージっての。いくら超過って言われたっけ？　大した額じゃなかったけど。

「超過」って聞いた瞬間、え？って驚いた。寝耳に水ってか、（めずらしく金はないわけじゃなかった、てか金はあったんだ。赤い画ができてからけっこう日当《にっとう》くれたから）けど、〃なんだったんだ！〃　不意に俺は、もういいや、って思った。

せんせいのスーツケース！　空港に置いてきちゃったんだよ。チェックインカウンターの横に置いて逃げた。もちろん金は払わなかった。国立にはバッグひとつで帰ったんだ、そうしたら……、一か月後くらいかなあ……、信じられる？　佐谷画廊に届いたんだよ。

「ブリュッセル空港からきみ宛てにスーツケースが送られてきたぞ！」

「え!?」

「エメラルドグリーンのサムソナイト？」

「そう」

「すっげー重いだろ？」

「いや、軽い」

〝まじか！〟来年三月に東京最後の個展をすることになった国立のアトリエにせんせいのスーツケースは戻ってきた……、でもその中に俺が持ち帰ろうとしたヴァン・ゴッホの絵の具は一個も入ってなかったんだ。

外国の駅ってドキドキするよな……、
なに言ってるのかよくわからねえアナウンスや、
行き先がよく読めない電光掲示板見てるだけで
冒険が始まる感じがする。

四　引っ越し　一九九七年

ハトヤのおじさんおばさん、Jグチの祐樹とあや、親父とおふくろと弟、周吾と佐谷社長と副社長に手を振り、成田を昼過ぎに飛び立って一三時間、ブリュッセル空港からブリュージュ行きの最終列車に乗って、ゲント聖ピータース駅に着いたのは夜の十二時だった。駅前のトルコ人のナイトショップで「BELGUM《ベルガム》」と「RIZLA《リッラ》」を買って早速巻いて火を点ける。広場を囲むように並んでるカフェの灯りから音楽が流れてくる。外のテラスでは五、六人の男女のグループが楽しそうにしゃべって飲んでる。店員が路に出てるテーブルと椅子を片づけていた。

やっぱいいなあ。

夜の空気を吸い込む。俺はこれからここにどれくらい住むことになるんだろう……。外国の駅ってドキドキするよな……、なに言ってるのかよくわからねえ駅のアナウンスやよく読めない行き先の電光掲示板見てるだけで冒険が始まる感じがする。新しい出会いとなにかとの別れ、そう、いつもなにかと別れる。空港もそうだけど俺は未だに駅に慣れるってことがない。それはこの夜から始まったのかもしれない。

〝行こう〟

石畳の道はスーツケースを転がしにくい。深夜の通りをガラガラ音をたてて歩きながら俺はダーフハース通り五二番地に引っ越してきた。

スタジオに着いたらピートとソフィーが待っててくれてた。歯医者さん夫妻。俺のゲントの大家さんだ。

「マサァト、ウェルカム・トゥ・ゲント！」

「ハイ！　ピート、ソフィー！　お、赤ん坊じゃん⁉」

ピートは父親が使ってたという大きい洋服箪笥をちょうどスタジオに上げてくれてるとこだった。奥の寝室にはキッチンもある！　ベッド、流しにコンロ、冷蔵庫（これは美術館から一番ボロいのを貰った)、流しの横には湯沸器と、やった、シャワーだぜ！ レンガの床の上一面にワイルドなオーカー色の敷物《ジュート》が敷いてある。裸足が気持ちよさそうだ。敷物の上に丸いテーブルと木の椅子。「ゴッホの描いた椅子みたいだ」と俺が言うとピートが笑いながら「こっちの部屋は絵の具つけないだろう?」って言う。いや、つけないでくれって言ったのか、どうかな? 俺は「ダンキュー、パーフェクト以上だ!」と親指をたてた。

ソフィーが抱いてた産まれたばっかりの赤ん坊はまんまるの月みたいな顔の女の子で、顔の半分くらいが口に見えた。その子がアレックスで、ピートの足にくっついて眠そうにしてる三才ぐらいの細い女の子がクロエだった。

ピート夫妻は歯医者なんだからたぶん清潔できれい好きだろうに。俺なんかに二階をよく貸してくれたと思う(まあ、ヤンやフィリップたちのおかげだろうけど……)。

あとは周吾が毎月ちゃんと家賃を振り込んでくれればピース!

この部屋とスタジオの間には仕切りがない。街灯の灯りは届かないけど、真っ暗にはならない窓の下のベッドで俺は寝た。

美術館の工事《アンダー・コンストラクション》

俺は国立からゲントへ引っ越した。展覧会とかのためじゃない。自分のアートを追求するためだ。制作の日々が始まる。

九二年に国立のアトリエでキャンバスを木枠に張りながら《絵画の子》を制作してから四年、ゲントで初めて床に置いた《Unnamed #2》は絵画の子の四歳の姿だった。サンパウロで木枠《フレーム》が軋む音を立てていても、画だからと壁に掛けてた。画は壁に掛けるものだと、少しも疑わなかった。

画を壁に掛けなくていいんだ！　あの瞬間から俺は自由になった。

「でも、床置きも俺にしたらやっぱり画だからだぜ。画だからこそ壁に掛けないで壁に立て掛けるんだ」、俺はさっきスタジオで再会したフィリップに言った。

「彫刻とは違うってことか」、フィリップがそう言いながら持ってきたラジカセをスタジオの床に置く。これで音楽が聴ける！　ボブ・ディランの「Desire」を入れたカセットもくれた。「ハリケーン」♪を流しながら丸テーブルの上にコーヒーを置くと、フィリップが椅子に座って「ナイス・チェアー」と言う。俺が「ゴッホの椅子みたいだろ」と言うと、「ほんとだ、ゴーギャンの椅子を見つけないとな」、そう言って、俺たちはまた画の床置きの話を続ける。

床置きの画は英語で言うと、「leaning against wall」、〝壁に立て掛けた画〟ってことになる。「だから前面性はあるんだよ」と俺。

「前面性っていえば……」、フィリップが言い出した。

「ヤンが赤い画を見ながらチェロの話をしてたな」

「楽器のチェロさ。大きいチェロ、例えばヴァイオリンは肩に乗せるけど、チェロは自分の体の前に置く。だからチェロが奏でる音楽というのはとても前面性の強いものになる。チェロはそれ自体が体だけど、もうひとつの体つまり奏者の体が必要で……、マサァト、きみの床置きの赤い画もそうだと。あの床置きの画はある意味で前面性の作品だけど、前面性のある体だろ。それには背後から支えるもの、後ろに壁がないとどうしてもああいう風に前面性のある作品にはならない。チェロの場合、音楽の波動は前だけじゃなくていろんな方向へ行くだろ？　いろんな空間を探って動いてくけど、きみの画もそうだ。いろんな方向性を探っている方向が感じられるが、限定性も当然ある」

二人で歩いて美術館に向かう。

〝おお、すっげえ！　始まってんじゃん！〟

美術館の工事が始まっていた。カジノの真ん前の、一年前ヴィト・アコンチのトレイラーがあった場所にプレハブの小屋が建っていた。

「マサァト！　よく来た」

雷みたいな声が響いて、カジノの建物の中からヘルメットを被ったヤンが現れた。

「こっち来い！　中を見たいか？」

プレハブ小屋でヘルメットを貰って工事現場に入ると、元カジノだった巨大な四角い空間を分けていた壁が全部壊されていた。かつて石造りの部屋があった廃墟、というか遺跡みたいに見えた。足場が組まれてる。二階建てだ。

足下に注意しろと言いながら、ヤンが「ついてこい、早く来い」とやたら嬉しそうに俺を連れてった前方にびっくりするような空間――馬鹿でっかい鉄骨のドームが現れた。

うわぁ、なんだこりゃあ！　ここが昔のカジノの大賭博場か！　屋根の高さは東京ドームくらいある感じだ。ここも……美術館？　俺はあっけにとられてヤンの顔を見た。「ここ、どうするの？」。

「ここか？　ボクシングの試合をする！」

ヤンが嬉しそうに言った。

「ボクシング⁉　誰が？」

「ミー」、他に誰がいる？みたいな顔をしてヤンがシャドーボクシングの真似をした。

「私は若い頃ボクサーだったのだ」

ふうん……、でも、

「誰と？」

「さあな……ヤン・ファーブル……、メイビー」

「ファーブル⁉」

ありえない、勝てっこねえじゃん！

俺は「赤い扉」展のオープニングで会ったファーブルのがっしりしたガタイと若い頃のジャン・ギャバンみてえな風貌を思った。

「ユー・ウィル・シー、楽しみにしてろ」

ヤンは楽しそうに笑う。

「ここにパナマレンコの飛行船を展示するのだ！」

「パナマレンコって本当に生きてるの？」

「どういう意味だ？」

「いや、だから、パナマレンコって実在するのか？ってことです」「イズ・ヒー・リアル？」

ヤンは今ひとつなに言ってんのかわからんって顔をしながらパナマレンコがアントワープにずっと母親と一緒に住んでいると教えてくれた。

俺はパナマレンコって、ごめん、つまりどう言ったらいいかな――作品は確かにパリでもゲントでも見たんだけど――ピカソやマレーヴィッチの時代のゴーストだと思ってたからイグジストしてんだって驚き。まだ五十七だって！

びっくりだよ。もう百年くらいは生きてそうな、国籍も本当の名前も知らない、画集で見てた現代美術の巨匠――軍服を着たヒッピーみたいな長い髪の痩せた男が何十メートルの飛行船＝夢をつくり続けてる姿を想う。そしてジョークだろうけど、ヤンのボクシング！

見たことのない《Aeromodeller《飛行船》》のイメージに重なるように二〇年前の大賭博場の〝光景〟が見え、騒めく音や人々の声まで聴こえる気がした。

ここは人間の欲望や夢が渦巻くスペクタキュラーな建造物だ。

美的、歴史的に残すべきところは残す、

壊すとこは壊す、

それがつくるってことだ。

〝よおし、制作すんぞ！〟

「フィリップ、資材置き場にある材木何本か貰っていいか？」

「ロムに聞け。あそこにある物は全部ロムが管理してるんだ」

「オッケー、（工事中の）こっからゲート――収蔵庫行けんの？」

カジノと赤い扉の収蔵庫との連結部分にレフトウィングみたいな建築がつくられはじめてた。「マサァト、そっちは危ないからこっちのドアから行け」

フィリップが途中まで連れてってくれた。仮の通路を抜けてレッドゲートの中に入ると「赤い扉」展の時はなかった収蔵作品がどんどん運ばれて来ている。

すれ違うワーカーたちが「ハーイ、マサァト！」と声をかけてくれる。

オフィスでロムを捕まえて資材置き場に連れてって、「ここにある三メートルくらいの材木四、五本持ってっていいかい？」って聞いた。「いいけど……、なにに使うんだ？　材木ならもっときれいなのもあるぞ」

「フレームだよ。決まってるべ」、そう答えると、ロムは少し驚いたような顔をした。

俺は言った、「画のフレームだよ」。

「ああ、そうか……、ペインティングのフレームか……、もちろんいいさ。問題ない。何本だい？　五本でいいのか？　ヤンの家に行く荷物があるからついでに持ってくよ。五二番地だな」

わかる？　これ……、俺のフレームの発音が紛らわしいんだ。Frame ―「R」なら画の枠だけど、Flame─「L」だと炎、火なんだよ。「マサァト　Rを強調しな！」ってみんなに言われるんだけどさ。

今もロムは俺にこの材木をなにに使うか聞いて、たぶんフレームがFlameって聞こえて火にする──燃やすと思ったんじゃねえかな？　この材木を薪にするからくれって。Frame と Flame！　木枠は火で燃えやすいし紛らわしいんだよ。

三時頃、俺は美術館を出てトラムに乗った。

まずは「CITIBANK《シティバンク》」だ！　閉まる前に行かねえと死ぬ。これからはシティバンクのカードが俺の命綱だ。銀行の中のマシーンで金をおろしてシュライパーでキャンバスを買う。二×三メートルに切ってもらった。さっきゲットした材木が測ると二メートル五〇だったから、三メートルあればいいだろ。

二階へ上がって、さあ!絵の具だ。

何度か来て眼が慣れてくると、シュライパーにはゴッホの絵の具だけじゃない、いろんなメーカーの絵の具がたくさんあった。ルフランやレンブラントの大きいチューブもある、オランダやドイツやイタリアの絵の具もある。魅惑的な色の店《ブティック》だ。

さあ、どうしよっか？

俺は新しい次の作品のイメージはなにもまだ持っていない。ただこの世界で一から画と向き合おう！ってことだけだ。俺は今日は絵の具をあれこれ物色するのはやめた。

〝ひとつだけ色を買おう！〟

使ったことのない絵の具を買いたかった。なぜだかわからない。俺はレンブラントのオーレオリンに手を伸ばした。黄色の並びにあった色だけど、フタを開けてもなに色かよくわからなかった。

でも俺は、あ！って、なにか惹かれてその絵の具を買った。

丸めた二メートルのキャンバスを抱えてトラムに乗る。駅で降りてスタジオまで歩く。ドアの外に長い材木が五本立て掛けてあった。ロム、もう持ってきてくれたのか……。
長いコリドール――急な階段――踊り場――スイングドアを肩に担いだ材木の先で突き押してどんどん入れてく。俺はスタジオの西側の長い白壁に材木を五本立て掛けた。

ひと息入れてシャツを脱いでコーヒーメーカーでコーヒーを入れた。ソファに寝そべってベルガムに火を点ける。

ふうー、

立て続けに二、三本吸う。眩しい陽射しに頭がくらっとする。

そうだ、あの絵の具。俺は〝ひとつ買った絵の具〟を袋から出してみた。

「AUREOLINE《オーレオリン》」か。

オーレオリン……、名前は見たことがある。レンブラントのこれじゃなかったけどね、ミノーだったかな……、どっかでポケットに入れて……、国立帰ってなんかの画に少し使いかけたけど、その時はぴんとこなくてやめたんだ。アトリエの床に転がしたまま忘れた。その絵の具と今のこれとは全く違う色に見える。日本と光が違うからかな？　こんな色は初めてだ。

フタを開けて中を見てもやっぱり何色かわからない。

〝自分の影になってるんじゃない？〟

ああ、だね……、気がつかなかったよ。ちょっとチューブを押して明るいほうに向けて見ると不思議な黄土色の中になんか変な透明感がある。俺は床のレンガの上にポトリと絵の具を落とした。テラッとした絵の具を指で伸ばす。なにこの軽さ！　クリームみたいにさっと溶ける、絵の具が溶けるっていうよか、なくなるって感じだ、と思ったら赤茶のレンガが、

金色!?

レンガの赤茶が金色に光ってるじゃん。

半透明色なんだ、黄色の、それもバルールの幅が半端ねえ！

俺は嬉しくなってオーレオリンを宙に放り投げた。

五　画の始め方

スタジオのソファでうたた寝してたらしい。

目が覚めたら、あれ、もう八時か。まだ全然明るい。日が長えなあ。

いい光が入ってる。さっき持ってきた材木がはっきり見えた。白い壁に立て掛けた木と壁の質感の違い、かたち、色の違いがほんとはっきり見える。

これが空間ってやつだよなあ。あるんだなあ！

たぶんさっきまた雨がパラパラ降った、夢の中で雨の音が聴こえてたから。この空気のせいだろうな……、光がこれだけ明るくてモノがこんなにはっきり見えるのは（光が当たるとモノがはっきりするってわけじゃねえからさ）。空間からモノの質感や色が立っててくるこの感じ。

俺はソファから下りて床に立った。うん、俺は空間にいる。手をさっと前に突き出すとこの空間が動く。

俺は木を一本だけ残してあとの四本をスタジオの端っこに運んだ。せっかく広いんだから空間を広く使おう！　俺は改めて白い壁に木を一本立て掛けた。画のフレームになる一本だ。

〝壁に一本の材木を立て掛ける〟——これが俺の新しい画の始まりだった。

そしてこれが新しい床置きの画の始め方になる。

イメージとストラクチャー

あれ以来俺は空間の中で一本の木をずっと見続けている。

壁と床の空間でこの一本の荒材がこれから始める画の枠の一辺に見えてくると、枠組みのストラクチャー、キャンバスと画がどんどん浮かび上がってくる。

でも俺はこの時キャンバスに描く画のイメージが浮かんでくる、その逸《はや》る気持ちを抑えていた。

〝まだ早い〟

今はイメージは遅らせたほうがいい。イメージがやってくるのがいつも少し早すぎる。その分ストラクチャーが遅れる。

眼の前にあるのはまだ一本の材木なんだ。

眼の前にあるものとまず向き合わなきゃ！　画が始まるってなんだ!?

高さ二メートル五〇センチの荒材が壁と床の間の空間に立ってるのを見てると画は縦型でいきたくなる。

やっぱ縦だな、いい高さだ！

俺はこの木を画の左側の一辺として、スタジオの端に避けといた荒材をもう一本持ってきて二メートルくらい間を空けて立て掛けた。これが右の辺になるわけだ。買ったキャンバスは二×三メートルだ、縦は二メートル五〇でいい。横は材木を切らないとな、ノコギリ！　ああ、ノコギリがねえ！

いや、……てか釘もねえし、縄も！　俺は《Unnamed #2》をやってた時あまりにグラグラするフレーム同士を縄ひもを巻きつけてしのいだことを思いだした。あの縄は絶対いる。

今何時だ？　十二時、昼か。

俺は地図を手に階段を駆け下りピートの家のドアのインターフォンを押した。

ピートは歯医者のほうから出てきた。

「ホームセンター行きたいんだ」

「ホームセンター？　なんだそれ!?　なんのセンターだって？」

くそっ、ホームセンターって日本語か……。

「うー」、俺はノコギリを引く真似をした。トントントン！って釘を打つ。

「あー、DIYストアーか、BRICO《ブリッコ》だ」

ブリッコ？　俺は日本にも「ぶりっ子」って言葉があるって言おうと思って（説明できねえから）やめた。ピートは仕事中みたいだし……、でも俺の持ってる地図に「BRICO」のマークを書いて行き方を教えてくれた。

「そうだ！」、ピートが「マサァト、きみにプレゼントがある。ちょっと待っててくれ」と言って家に入った。ドアから出てきたのは黒い自転車だった。

ごつい自転車だった。昔藝大のころ哲理《てつり》や明《あきら》や潮《うしお》とオールナイトの映画館で見たデ・シーカの『自転車泥棒』に出てきそうなやつだ。しかもハンドルにブレーキレバーがついてねえ！

「ブレーキなし？」

「フットブレーキだよ」、ピートが足でペダルを回して見せる。

俺は早速乗ってみた。コリドールを走りながらクックッってペダルを後ろに踏んでブレーキをかける。まだ慣れないけど、好きだね、最高だ。サドルの高さを調節して俺はピートに鍵を貰った。なんべんもダンキューを言って自転車で通りに出る。石畳がけつにゴンゴン当たって痛《いて》えけど、大通りをグイグイ走りながら減速する時にはサドルから尻を上げてペダルをクックックッって逆に漕ぐ、サイコーだね！

俺は二拍子で声を出しながら黒い自転車をとばした。

♫FRAME—FLAME—FRAME—FLAME！♫　オイッチニー、オイッチニー！

そう、テンポとタイミングだ。

イメージは少し遅れて必ずやってくる。、ストラクチャーと一緒に変様し、最後にドンピシャでひとつの画になれ！

ブリッコではノコギリとハンマーと荒縄と釘を買った。

♫FRAME—FLAME—FRAME—FLAME！♫

スタジオに戻って制作を続ける。画の上辺、横は二メートルくらいか……、いや、この木、縦が二メートル五〇だから横は……、上辺はもっと短くていい。一メートル八〇くらい、キャンバスの幅が二メートルだからな、一メートル六〇くらいか……。

俺はスタジオの床に二メートル五〇の荒材を二本並べてそこにコの字型に三本目の荒材を横に置いてノコギリで一メートル六〇に切った。
三本の木を組んで釘で打ちつけて壁に立て掛けてみた。けっこう重い。下の梁がないからグラグラだけど、せーの、って上の梁を持ち上げて足がぶらぶらの人を立たせる感じだ。

せーの。

四本目の木を下に入れれば四角になるけど、ないからなんつーか（二本の）脚で立ってるみてえ。これじゃあちょっと動かしたらすぐにグシャっと倒れちまうだろ。俺は立て掛けた枠の中に入って両手で上の梁を持ってまた床に木組みを戻した。木を組んだ二か所に荒縄を巻いてからキャンバスを木組みの上に被せてみる。キャンバスを木組みに留めるために釘をざっと数か所打った。天上に一点、左と右上のほうに一点ずつ、三か所釘で留めてグッと手でキャンバスを上の木に巻き込みながら両サイドを両腕で持ち上げるようにして壁に立て掛けた。

見たことのない支持体

すそがスカートみたく床に広がった、高さ三メートルくらいの白いキャンバスが眼の前の壁に寄り掛かるようにテレッと立っている。

へえ。

〝なんだこれは？〟

初めて見る支持体だった。床から白いキャンバスが立ち上がってるようにも見えるし、白いキャンバスが空か、どっかから落っこちてきたようにも見える。

ひとつ言えるのは〝これはまだなんでもない！〟

よおし！　〝これなら俺は描ける〟。

画を始めよう！

俺は手のひらにオーレオリンを出して、キャンバスの真ん中へんにぎゅっと絵の具をつけた。

瞬間キャンバスが凹《くぼ》んで中の木が傾く。倒れそうになるが、絵の具のついた手でキャンバスとその後ろの木を掴んで（ストラクチャーを支え）キャンバスに絵の具をつけていく。ボロをテレピン油で濡らしてオーレオリンを伸ばして色を広げていく。

こんなにかろうじて立ってる三本の木枠とキャンバスが画を描いてると倒れないのが不思議だった。

このキャンバスは木枠がなきゃ立てないし、この木枠もキャンバスがなきゃすぐ倒れてしまう。絵の具をキャンバスにつける瞬間は一番倒れやすい。もちろんストラクチャーは動くし変わっていく。でも絵の具が乗るともっと強くなる。〝三つ〟ってのは強い……。

「まるで画を支えるように画を描くんだなあ！」、フィリップが急に発見した！みたいな声で言う。

いつからいたんだよ？

英語だと、〝きみがペインティングみたいだ〟と聞こえた。

「マサァト、きみのやり方は木とキャンバスと絵の具の三つがそれぞれストラクチャーを支え合ってるように感じるんだ」

「かなあ。手で絵の具塗ってると、キャンバスも枠もこんなに動くけどけっこう倒れないいんだよ」

俺はテーブルの上に巻いてあったタバコを絵の具だらけの手を使わずに咥えてソファにどさっと体をなげだして火を点けた。

「あと、壁ね！」、俺は言った。「壁がなきゃ倒れるよ」

「面白い！」

フィリップがソファから跳ね起きて画に近づいていく。

「支持体はキャンバスだけじゃない。ここも……」

フィリップがそう言いながらキャンバスのすそをめくった。

「あっ！　触るな！」、俺がそう言った瞬間、木がズルッと動いて画はガシャーンと床に崩れた。

ピーター・パウル・ルーベンス

「マサァト、ルーベンス見にいかないか?」

「どこへ?」

「アントワープさ。イカした港町だ」


アントワープ王立美術館の大広間、ルーベンスの馬鹿でっかい絵画を何枚も見上げるように眺めながら俺はちょっと呆けたようになっていた。

これがルーベンスの画? ベルギーが世界に誇る?

正直言って全然いいと思わない。糞みてえな画だ。なにこれ、ニス塗りたくったただの馬鹿でかい看板じゃねえか。画面のニスがテカって奥行きもなにもない……、なんだよ工房の製品《プロダクト》だ。

……昔、学校の帰り道、西洋美術館で見た小さいルーベンスの画は、眠ってる赤ん坊の半開きの唇から息や体温、毛布の温度まで伝わってくるような画だった。白いというより青い肌が上気した赤ん坊の柔らかい頬に紅を掃いたみたくカッとさしたヴァーミリオンが眼に残ってる。

それから画集で見たルーベンスの画の豊満な女性は血が通っていて、活き活きして、聖母マリアもスザンヌもアマゾンも村の娘もふくよかすぎるくらい（ブョブョしすぎてんじゃねえかと笑うくらい）官能的に色づいていた（確かにルノワールの晩年の女性像も生気に溢れどんどんデブってくる）。神も人間も珍獣も一緒くたになって構図はドラマチックにうねり、馬や兵士たちはバロック！って感じで戦い略奪し泣き叫び踊ってた……。

フェイクという言葉が浮かんだ。

俺は派手な赤い壁のでっかい大広間の真ん中のソファに座りながら思った。

まあ、これが成功した画家ってやつかもな。ルーベンスは外交官もやってたらしいし、忙しい画家がこんな五メートルも一〇メートルもあるような画を自分の筆だけでバンバン描けるわけがねえ。

富と名声……か。

工房の製品なら製品でもっとさらにスペクタキュラーならいいと思うんだけど……。ディズニーみたく。

「画って本当に平《フラット》らなモノなんだな」、俺は横に座ったフィリップに思わず呟いた。

「躍動感のあるムーブメントはすごいぞ」とフィリップ。

「……映画の看板絵みたいだ」

「どういう意味だ？」

「死んでるように見えるってことさ」

最初に行ったルーベンスの家も、なにかしっくりこなくて（つまり退屈で）……、庭をぶらぶらしながら、でも庭もきれいだけど糞だと思った。

初めて来たアントワープの街は港町でゲントよりずっとオシャレで華やかだけど……美術館を出てフィリップとイナと三人で通りを歩きながら俺は気持ちが弾まず苛ついていた。ルーベンスの馬鹿でかいフラットな画が頭から離れない。画は平面、二次元だってことはわかってたけど、本当にあんなに真っ平なんだ。

だけど、気にくわないのはそれが三次元の世界にある抽象的な二次元じゃなくて、即物的に真っ平らなものに描かれた真っ平らな画だってことだ！

サンパウロで見たゴヤはもちろん平面に描かれた画だった。でもそこにはどうやって平面に表したんだろう！っていう魔法＝二次元の絵画空間が生まれていた。

「なあフィリップ、ルーベンスって何者？」

「つまり、ルーベンスは十七世紀、〝王《キング》の画家にして画家の王〟とまで言われたんだろ？　なんでよ？　彼はなにをしたんだ？」

アントワープファッションのメッカにあるカフェは混んでいた。フィリップとイナはベルギービール、飲まない俺はタバコとエスプレッソダブルだ。フィリップがこの店にいるソレっぽい連中がみんなこのそばのアントワープ王立芸術アカデミーの学生だと教えてくれる。イナは八〇年代に売り出したファッションデザイナー〝アントワープの六人〟ドリス・ヴァン・ノッテンに夢中だ。俺はフランドルが誇るルーベンスのことをフィリップたちがどう思ってるのか聞いた。

「ヨーロッパでは当時プロテスタントが振興してきた。カトリック教会は権威を保つためにそれまでにない新しい人の眼を惹く美術が必要だったんだ」

「金と政治ってこと?」

「ルーベンスは外交官だったんだぜ。教養と語学力を奮って国際的に活躍してイギリスとスペインの和議を結んだ人でもある。写真もテレビもない時代だ。メディアとしての絵画の影響力はもちろん現代の比じゃなかったろう。

外交官として世界を見てるルーベンスはそれを知ってたんだな。だからこそ画家として大きい工房を構え弟子を育てたくさんのパトロンの注文を取り膨大な数の絵画やレプリカを制作した。制作というより、世界中に自分の力をばら撒くように量産したんだ……」

「プロパガンダ?」

「ノー、それだけじゃないわ! 素晴らしい作品をたくさん残してる」、イナが少し怒ったように言う。「もちろんさ」フィリップが言うと同時に俺はイナに聞いた「例えば? どの画? 素晴らしいってどの画だ?」

「どれって……、例えば王立美術館にあった画だって、私は素晴らしいと思った。時代の! 新しい画だったのよ。それまでのルネサンスの調和を意図的に崩してる、大胆な場面設定、動的でダイナミックな構図……」

「教科書のバロック美術のとこにそう書いてある」、俺は笑った。

「人体じゃあり得ない大袈裟な体のねじれや捩れ、既成の形式を崩すっていう点でマサァト、きみにも通じるものがあるんじゃないか?」、フィリップが言う。

「だよな！　たぶん解剖学的にはメチャクチャだよな、きっと。だから良くも悪くもマンガっぽいんだ」と俺は言った。

「マンガ、かあ！　そう見たことはなかったよ。確かにそう見ると……」

「ああ、ルーベンスはそうとうぶっ飛んだ芸術家だったと思うね」

もしかしたらゴヤとかより、ある面ずっと先に進んでいたのかしれねえな……。


向かいにピタの屋台があったから腹が減った俺たちはそれを食うことにした。羊肉のケバブだ。ソースはカクテルソース、ちょっとピンク色の、なんかルーベンスの肌色みたいだ。けどめちゃくちゃ美味い。

それから俺たちはルーベンスの画があるという教会のほうへ歩いていった。

どこへ行くのかよく知らなかったんだけど、高い尖塔の建物が見えた時俺は、あれ？

この教会見たことある、と思った。

〝フランダースの犬の教会だ！〟

フランダースの犬

これさあ、フランダースの犬の教会じゃねえの？　ルーベンスの絵がある……。

「フランダースの犬って物語知ってるだろ？」、俺はフィリップとイナに言った。

「フランダースの犬？　知らない、なんだいそれ？」

「知らない？　知らないの？　ネロとパトラッシュ」

「ディズニー？」

「違うよディズニーじゃない」

あれってベルギーの人が書いたんじゃなかったっけ？

「ルーベンスが出てくるんだよ」

　フィリップもイナも知らないと言う。なんか腑に落ちないけど、もしかしたら原題が違うかもと思って俺はストーリーを話した。ブロークンの英語で。

「主人公は十才くらいの男の子、ネロっていうんだ。お爺さんとパトラッシュっていう大きい犬と小さな小屋で暮らしてた。アントワープ近くの村かな……、すごく貧乏だった。ネロは絵が上手くてね、画家になるのが夢なんだ。けど学校で勉強する金はなかった。

　ネロはルーベンスを神様みたく想ってるんだよ。アントワープの教会――この教会だよ、たぶん――にルーベンスの画があって、そのルーベンスの画が見たくて見たくてしょうがないんだけど、画には覆いがかかってる。画を見るには銀貨がいるんだ、五〇サンチームだっけな、拝観料、もちろんそんな金はなかった。

　やがてお爺さんも死んで、そのたったひとりの優しいお爺さんを描いた画もコンクールに落選してしまう。その画は本当はすごくいい画で、審査員のひとりが後でネロの小屋を訪れるんだけどね……ネロはもういなかった。そう……、小屋も追い出され、最後のパンもなくなったネロはパトラッシュだけをお金持ちの家に預けて、自分はなにも食べず吹雪の中を出ていくんだ。ネロの足は自然にアントワープの教会に向かっていた。パトラッシュも最期の力をふりしぼって暖かい家を出てネロを追いかけて猛雪のなかを歩き出すわけ。

クリスマスイブの夜だった。

ネロが教会にたどり着いた時、奇跡的に大伽藍の扉は閉まってなかった（真夜中のミサが終わったあと、クリスマスだから管理人が早く家に帰りたくて鍵をかけ忘れたんだろう）。そして真っ白い雪まみれのネロがルーベンスの画の前に立った時、開いた扉から吹き込んだ吹雪が画を覆っていたカーテンを吹き飛ばす。画が見れたんだ。『とうとう見たんだ！』、ネロは大声で叫ぶ。『なんという素晴らしい画だ！』『ありがとうございます、マリア様』、もう僕はなにもいらないと！

……それでさ、ネロもパトラッシュも画の前で凍えて死んじゃうんだけど、その顔は二人とも本当に幸せそうだったんだよ」

俺とフィリップとイナは切符を買って教会に入った。

アントワープで一番高い塔、一〇〇メートルを超える天井に体が吸い込まれそうになる白い回廊の先にルーベンスの二枚の画があった。

《キリストの降架》と《キリストの昇架》だ。

これがルーベンスか……、〝画はそれがある場所で全く違うものになるのか！〟


俺は小さいネロになったような気がしてきた。

すると、キリストが磔《はりつけ》られていた木の十字架が今やってる画の木枠に見えてきた。そしてキリストを降ろすために立て掛けた木の梯子《ハシゴ》。梯子に乗ってキリストを十字架から外す老人。木枠から外されたキリストの体を支える白い布。これなんてキャンバスじゃねえか！　そう、白い布はキリストという像の支持体にも見えた。そして画面真ん中のイエス・キリストの体が重力で落ちていくのを白い布を引っ張って動かし支えるマリアや赤い服の弟子たち。キリストの体は精神であり肉体そのものだ。

俺は画を床に降ろした日の光景がフラッシュバックした。


「日が長いなあ！　九時半でこの明るさなんて信じられないよ！」

バーで飲んで散々くっちゃべって三人で歩きながらアントワープ中央駅に戻ってき

た時、空はまだ暗くなっていないけど、街には街灯が点きはじめていた。夜の九時半。これから空がだんだん青くなっていくんだけど……。

来る時には気がつかなかった小さい店がたくさんある。どの店も明るい電気が点いていた。

「ダイヤモンド？」

よく見ると、どの店も看板にダイヤモンドって書いてある。ダイヤモンド、ダイヤモンド、同じような店が点々と並んでる。

「駅前のこの一帯はダイヤの取り引き場さ。世界中からダイヤを売り買いに来る。原石の輸入屋、仲買人《ブローカー》たち、カット工場もある、研磨職人、鑑定人、アントワープはダイヤモンドの街でもあるんだ」

「………参ったな」


俺は帰りの列車に揺られながらフィリップとイナに言った。

「アントワープすっげえ面白かった。サンキュー。今やってる画のストラクチャーと完全なイメージができたよ」

焔《ほのお》、キリスト降架、ダイヤモンド

カンペキ！っていうノリで言ったがもちろん完全なわけがない。

イメージと現実は別物だ。キリストの画を描くわけじゃねえからな。

イメージを描く気はさらさらなかった。反面教師じゃないけど、ルーベンスのキリストは俺にただ絵画を描けばいい！と教えてくれた。

俺はカドミウムレッドで画を塗りはじめた。

もちろん手で！　キャンバスの中に入るように、木枠を押さえ、キャンバスを張っていく、なにかをキャンバスから落とさないように！

像を降ろしていくわけじゃなかった。像は昇っていくのでもない。なにかを宙に留めるようにキャンバスを木枠に張りつける。釘を打つ！

キリストと十字架、キリストを支える布の関係はそのまま像《イメージ》とキャンバスと木枠の関係だ。

俺は手を使いながら絵の具とキャンバスと木枠の三つのモノの間に中間物が存在しない感覚を味わっていた。俺はただのメディウムっていうかさ……、〝画のために自分は消える〟って言えばいいかなあ？　ちょっとかっこ良すぎるか……。絵画のストラクチャーが同時にイメージでさ……、精神がそのまんま肉体《ボディー》であるような！画だよ。

七月から始めたこの作品ができたのは冬の十一月だった。

五か月かかった。

引っ越してきたばっかだし、ビザの手続きとか、こっちに暮らしはじめてそれなりにしなきゃいけないこともあったからだ。

てのは嘘でゲントの夏が楽しすぎてなんつーか羽目外しすぎたんだよね。祭り《フェスタ》が一週間夜通し続くんだけど、俺は毎晩朝まで街で遊びまくった。真夏《サマー》だよ！　蒸し暑くもない、シャツ一枚で夜十一時まで明るいんだからさ、ヤバイっしょ。

それでまた周吾とバチバチやって、俺はしばらく支出——つまり金をなににつかったかを一フランまでレシートつけて毎月やつに送らないといけない羽目になる。ファックスでさ。

周吾っていやあ、カッセルのドクメンタとミュンスターの彫刻展行こう！って一緒に行ったんだ。ユーロレイルに乗って男二人の列車旅行！

壁がなくなったベルリンにはそこで展覧会をやってるイリヤ&エミリア・カバコフがいた。周吾が一緒に仕事してたんだよ。ミュンスターでもカッセルでも九七年のこの頃いろんなとこでみんなカバコフの話をしてた気がする。俺はトータルインスタレーションって概念の展覧会をベルリンで初めて見て、カバコフの穏和な笑顔の向こうに旧ソビエトの凍てつくような固い荒地に立つ〝歪な四角い家で描いた絵本〟を想像した。「ソ連にいた私にとって八〇年代にベルルンの自分の展覧会に行くことは月へ行くほど遠い出来事だったよ」、カバコフの言葉だ。

ベルリンの巨大な美術館には度肝を抜かれたし、キーファーやブルース・ノーマン、ポルケの大きい個展を見た。会う人みんな、「ポルケは今見といたほうがいい」って。

そう言えばあとになって、ああ、あの時の！っていう出会いもあった。

ミュンスターの道を歩いてる時だ。地図《マップ》を見ながら野外彫刻と次の野外彫刻の間のなんにもない一本道を周吾と歩いてた。フェリーニの『道』みたいな本当になにもない田舎道だ。向こうから歩いてくる三人が遠くに見えた。周吾が、

「あ、コヤマだ」「小山登美夫、同業者だよ」

俺にそう言うとニコニコして「おーい」と手を振った。

小山さんも向こうでおーいって手を振ってる。

で、道の真ん中でヤアヤア、《こんにちはクールべさん》みてえな感じで挨拶して、あとの二人も紹介されるんだけど、その二人が奈良美智と杉戸洋だった。

そうして夏が過ぎ、短い秋があって冬が来る。

絵の具とキャンバスと木枠の間に中間物がない感覚はさらに進んでいく。俺の手と体は絵の具とキャンバスと木枠をつなげる媒体になっていた。できあがっていくのは俺がただただ見たいひとつの画だ。途中のイメージは眼の前に立ちはだかる焔だった。

♬ Flame! Descent from the cross! Diamond! ♪♪

♬焔、キリスト降架、ダイヤモンド♪♪

俺はスタジオと美術館とシュライパーの間を黒い自転車で飛ばした。

Unnamed #7

夢中だった。

カドミウムレッドをどんだけ使っただろう！

十一月のある朝だった、夜通しやってた俺は白く曇った窓を見てああもう朝か、そう思ってふと振り返って眼の前に立つ画を見た。ん？　さっきまでとなにかが違う。画を見てると少し心臓の鼓動が速くなってきた。ふうーって、もう一度窓の外を眺めた。瞬きをしてから振り向いた。〝できてるじゃん！〟やった！　できてる。俺はこの画を前に見たことがない。〝素っ裸の絵画ができた！〟って感じだった。

荒材は六本使った。桟はもちろん通してない。ぐらぐらの床置きの画だ。

木枠からキャンバスが外れ、キャンバスは捲《めく》れてフレームが見えている。フレームもカドミウムレッドの絵の具でベトベトだ。

これが良《い》い画かわからない。絵画なのかどうかも。でも〝こうなるしかない！〟ってのは間違いなかった。

十一月二十日、俺は「できたぞ！　周吾へコバより」とファックスを送った。床置きの最初の縦長《バーティカル》の赤い画、《Unnamed #7》だった。

「ファーブル、こういう画を見たことある？」

十二月、クリスマスが近づいた頃、ヤン・ファーブルが彼のアントワープのギャラリーの人を連れて俺のスタジオに来た。ヤン・フートとマネージャーのタイスもいた。

「まさか《ネヴァー》！」

「アニマルスキンのようだ！」とファーブル。「皮が剝がれて骨が見えてるじゃないか」

「即物的っちゃ即物的なんだが……、ボディーであり……、でも精神なんだ」と俺。

「マサァト、精神という言葉は使うな！」とフート。

……だね、言えてる。

「レンブラントの吊るされた牛の肉の画を見たことはあるかい？」、ギャラリーの人が聞く。

「《屠殺された牛（皮を剝がされた牛）》という画だ」

「いいえ」、俺はギャラリーの人、ロニーに答えた。

「今夜は眠れないだろう」、彼はそう言って帰っていった。

誰かが俺に「このキャンバスが木枠から剝がれてるのは偶然なの？」って聞いた時、ファーブルが「この世の中に偶然なんていうものは存在しない！」と怒ったように言ったのが印象的だ。その日彼が俺にくれた『Passage《パッサージュ》』って本には、

「For the PAST, For the PRESENT, For the FUTURE」

過去、現在、未来に
と書いてあった。

それは最高のキャンバスのおかげだった。

六　クレサンキャンバス#二九

一九九八年

ヴァーティカルな赤い作品ができて、年が明けた新年早々ヤンがクレサンキャンバスの社長をスタジオに連れてきた。〝「CLAESSENS《クレサン社》」ってベルギーなんだ！〟作品を見ながら俺にいろいろ聞いてくる。どうやって描いてるのか？とか、絵の具やオイルはなにを使ってるか？とか……、「絵筆《ブラッシ》は使わないんです」、俺は床の絵の具を拾って手で描く真似をしてみせた。社長は好奇心の塊みてえなでかい眼をしてた。それから、俺たちはヤンのフォードでクレサンの工場に行った。ゲントから三〇分くらいのワーレへムっていう町だ。生キャンバスの独特の匂いがプンプンする工場の中で吊ってある長いキャンバスを、きれいなキャンバスだなあって驚いて、いいなあ、羨ましいなあって見ていたんだ。そうしたら恰幅のいい社長が俺の前で急に両手を広げて、「マサァト、どれでも好きなキャンバスを選べ！　今後私たちクレサン社はきみにキャンバスを支給する！」だと！

キャンバスをくれる⁉

えっ、なんて言った⁉　耳を疑ったね！　びっくらこいた。「年間何本？」「きみが使うだけだ」「えっ⁉」。欲しいだけ⁉って、嘘だろ？　夢じゃねーか。俺は思わず社長に抱きついたよ。すげぇ、キャンバスの種類何番まであったろう。荒目、中目、俺のやり方に合うのはかなり厚くて強いのがいい。でも柔軟じゃないとだめだ。裏から手を当てて押しても柔らかくパキパキしない、しなやかなタップリした白の、

「二九番だ！」

二重織のナンバー二九を俺は選んだ。幅二メートル一〇×長さは一〇メートルのロールキャンバスだ。

その日は車に二本積み込んだ。

まだオマケがあるんだ。工場には精製亜麻仁油《リンシードオイル》のでっけえタンクがあって、蛇口ひねるとトローッと黄金色のオイルが出てくるんだよね。いくらでも！　最高のリンシードだって。やばい！　それも持ってけってさ。とりあえずコントレックスのペットボトル四、五本に入れてスタジオに帰ったんだ。

この話、周吾はもち喜んだけど。俺は嬉しいというより、あんないいキャンバスを使えるのがめちゃくちゃ嬉しかった。これからキャンバス買わなくていいんだってそりゃホットしたさ。キャンバス買う度に東京の周吾に金足りないから五万送れ！一〇万送ってくれ！ってファックスすんのはしんどい。それでもファックス出したあと即「すぐ送る」って返事が来たらヨッシャーってテンション上がってスタジオで踊ったりすんだけど、時差もあるし、やっぱすぐは来ねえよ。午後三時頃出して、早くて夜中の二時頃かな、待ってるじゃん、リーンってスタジオの電話が鳴って、切れる。それからピーってファックスがゆっくり出てくるんだよ。ジジ、ジジって。けっこうドキドキすんだアレ、ほとんど心臓に悪い。字が見えてきて、こう首を曲げて、（逆から出てくるからね）見てんじゃん。「もう少し待たれたし　周吾」なんていう紙が出てきた日にゃもうガックシきて……、あのクソお！、どうしようか。え！どーすんだよ。日本でロールキャンバス買ったり、木枠買う時にいつも金貸してくれたハトヤのおばさんみたいな人はこっちにいないもんね。さすがにキャンバスはポケットに入んねえしな。まあだからキャンバス貰えるなんて奇跡だよ。〝助かった！〟って反面、こんないい話続くわけがない、〝夢だろって思うよ〟、どっかでさ。それにこれからはいつ支給を打ち切られるかもしれないっていうなんかこれまで知らなかった新しい〝不安〟ってやつが生まれるんだけど……。

最高のキャンバスを手に入れて俺の制作はバンバン進んでいく。クレサン二九番の白いキャンバスはまるで魔法みたいに俺の手とここフランドルの光と影に共鳴した。この年に一点、二点、三点、四点、五点、次々と床置きの作品ができていった。一点が大きい作品だから、広いと思っていたスタジオがいっぱいになり、できた作品を全部美術館の収蔵庫、赤い扉の中に預かってもらうことにした。

「マサァト、ホエア・アー・ユー・ゴーイング・トゥ？」

フィリップが画を見る度に俺に言うようになる。

「いったいどこに行こうとしてるんだ?」って。

画がストラクチャー——木枠からほとんど外れてしまい、太いフレームの一本がスタジオの窓に突っ込んで窓を割ったまま完成した作品もある。

「画に訊《き》いてくれ!」。

焔のような三角形の作品、コーナーピース……、そういやあ国立のアトリエじゃコーナー=角なんてまるで意識しなかったよなあ! 狭かったから、角《コーナー》にはなにかものを置いてたんだ。画には使わねえ場所だと思って。国立のアトリエには空間なんてなかった、画がなくなったら空間もなくなった!って、当たり前だよな、空間が生まれるコーナーも知らなかったんだから。

俺はほとんどスタジオに篭って制作を続ける。絵画のことしか頭にねえ。

俺はあまりしゃべらなくなる。

フィリップがしゃべり続けた。

「……マサトは作品を私たちに解釈しやすく見せることには全く関心がないようだ。つい昨日見て私が良いなと思ったところが今日は無残に壊されている。彼は階層性《ヒエラルキー》を組み替えている。絵画の地質学は形態学になったり、結晶の地質学になる。空間に限界を定め、光を打ち砕き、公衆の眼に抗い、欺くための口実と動機としての絵画的な平面。作家は作品の解釈可能性を切りつめ、作品の状態や解釈不可能性の見地から捉えたそのあり方を問う。絵画はいかにして公衆との関係を結ぶのか。絵の具やキャンバスや木材というゲーム構造を、絵画として言及し続けなければならない批判的な隔たりとは、いったいなにか？」

夜……、

キャンバスが手を広げたようにこっちに開いて壁に寄り掛かってる作品がある。木枠はグラグラで壁がなけりゃとうてい立っていられない、ヴァーミリオンにインディゴブルーが黒く被ったようなそれが夜のスタジオにある時、

俺は足の悪い四角い人が壁にもたれて眠ってるように見えてドキッとすることがある。

一本フレームが折れて外れてる。直したいんだけど、（できてるから）もう触れないんだ。どうやって運べばいいんだろう。

俺の「絵画の子」——床置きの画はその瞬間瞬間の局面を反映させながら、時には焔、時には闇の中で生まれていった。

七　現実の光――ベートーベンの交響曲第九合唱　一九九九年

ゲント現代美術館の名称と日程が決まり、開館記念展に出す作品に取りかかる。俺は制作をしながら工事中の美術館に毎日のように自転車を飛ばした。工事現場を見たいからだ。

ヘルメットを被ってでっかい建物の中に入る度に驚かされる。なにか巨大なモノがつくられていく時の、空間であれ……、できていく時のエネルギーってやつはものすごい。

太陽がカアーッと差し込んでいる。光が太陽のある位置からそのままの角度で遮るものなしに建物に当たってくる。クレーンが動き、爆音と砂塵が舞い上がる中に黄色いヘルメットを被ったヤンが大声でなんか言ってる。俺を見つけて「来い！」って呼ぶ。

「ルック！　見ろ！」

そう言って手を広げた先に昨日まできれいに立ってた大きい壁に半径三メートルくらいの穴がボコンボコンと開いている。その穴から眩しそうに空を見上げて「どうだ！」って顔をする。

「マッチ・ベターだ。前よりずっといい！」

大きいからデザインと光がすげえリアルなんだよ。

ヤンは嬉しそうにピョンピョン飛び跳ねる。

「そうだ！」

俺はヤンに叫んだ。

「ヤン、俺はここでドローイングやっていいかい？」

「こんなライブな光初めてでさ。紙に〝これ〟描いてこの床に埋めたいんだ！」

「ビューティフル！」、ヤンは俺の肩を叩いて言う。「ただし絶対にヘルメットを被れ！　いいな！」

俺は今ここにいる！　新しい美術館は今建《た》とうとしてる。今ここでなにかせずにはいられなかった。道具なんていらない。紙みたいのはいくらだって落ちてるし、鉛筆も木炭も絵の具もいらない！　石のカケラはあるし瓦礫やレンガ、ちょっと手を濡らして床や壁を触れば指にいくらでも色がつく。

俺は夢中でドローイングを始めた。

俺の耳にベートーベンの第九シンフォニーが聴こえてきた。

……工事中の爆音の中で。

天井のほうから床の上でドローイングをしてる俺の頭と紙の上にパラパラ砂塵が落ちてきた時だ。目をこすると自然光を浴びて第九シンフォニーの始まりの音のイデーたちが降りてくる。あのまだ音楽になる以前の、始まりのヒカリのヒみたいなやつだ……。遠雷のように最初の閃光音がどこからともなく鳴り（あの音はどこで鳴ってるんだろう?・）、第一楽章は始まるともなく始まる。音のカケラが集まるようで離れ、膨らむかと思うとまた崩れていく……、それはまるであの美しい旋律を産むためのリハーサルを何度もやり直してるようだ。やがて最初の大きいうねりがやってきてドカーン！と雷のような塊になり、放電し、欠片はまた四散する。

スタジオの壁には三メートルの荒材が一本立て掛けてある。

俺は新品のクレサンの二九番のロールキャンバスをそこに立て掛けて、コロコロコロッと横に伸ばしていった。一〇メートルのロールだ。

四、五メートル出してみた。二×五メートルくらいの真っ白いキャンバスが壁に寄り掛かりながら立っている。ロールはもちろん切り落とさない。

俺は手のひらにカドミウムイエローとトランスペアラントレッドの絵の具をたっぷり乗せてその上にリンシード油をかけた。

画の前にはあたかも焔が壁のように立ってるようだ。ちょっと近づけない。でもそこに手を突っ込まなきゃ欲しいものは手に入らない。

〝なにが欲しいの？〟

……さあ、なんだろう？

焔は俺の恐怖がつくってるんだ。真っ白いキャンバスを台無しにしてしまうんじゃねえかっていう恐怖、できないんじゃないかっていう恐怖、失敗することの恐怖だ。なにも失うものなんてないのに（そうさ。なにも失うものなんてない！）。

俺はキャンバスとそこに当たる光を見ながら、焔が弱まっていく頃合いを見計らって、よし、今だ！って瞬間に画に飛び込んで色を塗り出す。発色はすごくいい。でも一〇秒後キャンバスが折れ曲り、荒材が倒れキャンバスは俺が離れるとロールごと床に崩れた。

わかってる、当たり前だ、まだ釘一本も留めてない。

〝なにが欲しいの？〟

俺は荒材を三本長い壁に二メートルくらいの間隔を置いて立て掛けて、そこにキャンバスを被せながらいくつか釘を打った。それから長い三メートルの材を一番右の上の木に括りつけて下は床へ伸ばした。フレームは三角形ができたがキャンバスはロールのままだ。切らない。

今切っちゃいけない気がするんだ。

画の長さがまだわかんねえし。

ここで決めたくない！　この長いキャンバスとストラクチャーの、なにが画で、どこまでが画なのか！

テンポは徐々に風雲急を告げるように走り出すが、ゆっくりした旋律とはまだ合わない。タイミングは合いそうで合わない。焦れったいぐらいの遠回りが続く。

と、ふいに暗雲の切れ間から光が差すように、あの『喜びの歌』のフレーズの動機のような一音が現れる。


あ、光がある。

オレンジのキャンバスと木枠の間から一瞬小さい光が眼の上をかすめた。でもその動機は結実しないままましつこいくらい繰り返し現れてまた拡散するんだ。

長いよ……。

第二楽章、宇宙なのか、果てのない路なのか。

そして第三楽章……、なんだろう、この優しさは。光は。まるでもう休みなさい、眠りなさいとでも言うような癒しの旋律が柔らかく包み込む。ヤバイ、本当に眠りそうだ。画の中で、目を閉じて……、眠ってもいいのかな……。その時もうひとつ向こうのどこかからさらなる〝誘惑〟が流れてくる、こっちの水のほうがもっと甘いわよ。こっちいらっしゃい。〝来て、ほら、早くここのきれいな欠片《カケラ》を留めてしまいなさい〟。ああなんて甘い匂いだ。

そして俺はこれが夢だと気づく。

なにもかも夢なんだろうか？　長いなあ。これもあれもみんな夢なんだろうか。あの光は？　すると始まりに戻っていくコツン、コツンという足音のようなあの動機がまた現れる。いえ、夢じゃないわよ、〝眼を開けてよく見て！〟間違えないで！こっちが本当の私だと。

でも俺はそれだって信じられない。

なんて長《なげ》えんだ。

ゆっくりとろうそくの火が消えるように長い演奏の音が消え一旦幕が下りる。

眼の前の壁にオレンジの焔の海が立て掛かってある……これ永遠に続くんじゃねえの？


〝どこを見てるの？〟


そして次の幕が上がった時、眼の前に人間がズラーッと立ち並んでるんだよ。

一〇〇人はいるだろうか。

合唱隊？　いや、これはただの合唱隊じゃねえ！　この第九シンフォニーをつくってきた、ここまでこの音楽をつくってきた音楽の精霊《イデー》たちが突然人のかたちをとって現れてるんだってことがわかる。この交響曲の全ての音符が最後、ついに現実の人間の姿になってそこに立ってるんだってことが眼に見える。

やがてそのひとりが一歩前に出て歌いはじめる。
《ああ友よ、この音楽ではない
そうではなくて心地よく喜びに満ちた歌を始めよう》
喜びの歌が始まる。
音楽のイデーが人間から声になって流れだす。夢じゃない、現実の声だ。
そしてひとり、またひとり歌う。最後は大合唱だ。まさに人間の声、人間の力、歓喜の歌が鳴りわたる！

俺は周りを見回した。

工事中の壁を砕いた瓦礫に当たる光。汗をかいて動き回る人間の泥だらけのズボンの尻！　重い荷物を担いで渡す人の胸に当たる光。接触、笑顔、怒鳴り声、罵声、対話、伝令、こんなものを俺は今まで少しも見ちゃいなかった！

ああせんせい、空や天使じゃない！　そうじゃなくて、心地いいかはわからないけど、もっと現実の光に満ちた画をつくろう！

「マサァト、ウエストフランダースに行ってこい！」

オープニングセレモニーの最中にヤンが俺の肩を叩いて言った。今さっきボクシングの試合を終えたヤンの息がまだ荒い。

「なにしに？」

「展覧会だ、画をつくってこい！」

ボクシング

S.M.A.K. 開館のグランドオープニングは一週間ぶっ通しで行われた。ピークはなんと言っても美術館の一番大きい展示会場につくられた特設リングで行われたボクシングの試合、ヤン・フートvsイタリアの若いアーティスト、デニス・ベローネだ。

元カジノのでけえドーム空間にタイトルマッチさながら観衆が溢れる中、「ファイト・フォー・アート」と書かれたプラカードを先頭に、「♫アイ・オブ・ザ・タイガー」のビートに乗ってまずベローネが軽快にリングに上がった。

ドームに♫ジェイムス・ブラウンの曲が鳴りわたり、ヤンがパナマレンコの銀色の飛行艇の横をセコンドと一緒に軽くジョギングしながら姿を現しリングに上る。

リング上でヤンは元気そうに笑顔をつくってるが顔は引きつってる。怖いんだろう。いつにないヤンの様子を見て心配になったのか、マリーナ・アブラモヴィッチが「ワッツ・ゴーイング・トゥ・ハプン？　なにが起こるの？」と呟く。

ヤンがもう何か月も館長室にサンドバッグを取りつけてボクシングのトレーニングをしているのは知っていた。試合するって最初聞いた時は冗談だと思ったから、本当にやるんだってびっくりした。ヤンは六十二才だ。相手は若いベローネだった。本気でヤンを打ってくるわけはない。ボクシングと言ったってこれはただのエキシビジョンマッチ、ヤンの派手なパフォーマンスだろう。気の毒なのはベローネだよ。誰も得しない。

みんなは口々にそう噂した。

カーン！　ゴングが鳴った。
第一ラウンド、
様子を見るようにベローネがフットワークでリングを回る。ヤンが追いながらジャブを出すが当たらない。屁っ放り腰だ。怖がってる。体が残って腕だけ前に出している。ヤンは必死の形相だ。
第二ラウンド、

ベローネが動いてヤンが追う。ジャブからストレートを出そうとするが全然当たらない。だいぶ足がもつれはじめてる。かっこ悪。

〝本気だったんだ〟。少し鳥肌がたってきた。

第三ラウンド、
ベローネが少し打ってくる。ボディー。ヤンがフックを出すが猫パンチだ。足はもう動かない。

ゴングが鳴った。ドローだ。二人の手が上がる。

ひでえボクシングだった！けど、みんな胸を打たれた。だってこんなことするか⁉

どっちかって言うと見かけを気にする男《レジェンド》が観衆にもう決して美しくはねえ裸晒して三ラウンド、重いグラブつけてパンチ出す理由がどこにある？

ノー・リーズン・ワット・ソー・エバー‼

どこにもねえさ。情熱《パッション》以外に。

ファイト・フォー・アート！

八　両眼を開けて！

一週間後俺はフィリップとやつの友だちのリーブンが運転するボロいサーブに乗って旅に出た。旅って言ってもゲントから西へ一〇〇キロ、コルトレイクからイーペルを通ってフランス国境近くのポペリンゲにあるワトゥまで一時間ちょっとなんだけどね。すげえいい感じの田舎道なんだ。

「あの緑はホップの木だよ」とリーブン。「ビールの原料のホップさ」。

「俺は飲まないからわかんないけどさ、ベルギービールはみんなほんと美味いって言うよなあ、ヒューガーデン、シメイ……」

「ウエストマール、ロシュフォール、オヴァル、そして、悪魔のデュヴァル！」

初夏の高い太陽を浴びてきれいなクロームグリーンの畑が続く。

カントリーロード♬　テイク・ミー・ホーム♪

カーステレオに合わせてみんな歌い出す。

景色の中に牛や馬が点々と見えるようになってきた。道を走るでけえトラクターとすれ違う。舞い上がる土煙で窓を開けてる俺たちはゲホゲホ咳き込んだ。なんかいい匂いがしてくる。肥しの匂いだ。ぷーんと懐かしい田舎の香り、うんこ臭えけど悪くない。

ああ、なんかジム・ジャームッシュの映画みたいに横に横に同じような家が流れていくようになった。

フィリップがリーブンに％¥＃＠＃＊¥と言って車をある家の前で止めた。

フィリップはその家に入っていき、俺たちはブラブラ村を歩きはじめた。

「もうそこはフランス国境だよ」、リーブンが家の向こうを指して言う。

なにもない、広い畑が広がる道にポツポツと道標みたいなもんがあってそこに詩が書いてある。フレンチとフレミッシュだ。たぶん詩だ。詩だよな？　全然読めねえ。

車の中でフィリップがワトゥの展覧会は詩とのコラボだって言ってたよな。

「Watou《ワトゥ》, Poëziezomer《ポエジーゾマー》 '99: Serendipiteit《セレンディピティ》」、これか。

夏の詩《ポエジー・サマー》

俺たちはとある農家の庭に入っていった。サップグリーン色の大きな池があって、岸には木が茂ってる。木陰に木のボートが二台浮いていた。白と茶色の石の家があって、眼の前に牧場が広がってる。柵の近くに山羊《ヤギ》がいた。遠くに馬が二、三頭見える。俺は西のほうの太陽を見た。あっちが西ってことは、東はこっちか……。牧場の向こうに丘があるから太陽はあの間から昇ってくんだろう。

フィリップが俺を見つけて農家に入ってきた。小柄なちょっとコメディアンみたいなチェックの背広を着た男と一緒だった。ワトゥのコーディネーターのギイさんだ。

「ここ、いいな」、俺はフィリップとギイさんに言った。「柵の中に入っていい？」。

あの建物はなんだろう？　牧場の中に大きい納屋みたいな家があった。そばへ行くと石造りの平屋だけど相当デカい、屋根まで七メートルくらいありそうだ。

この納屋の外壁にも詩が書いてある。

「詩が書いてある建物はアーティストが使えるんだ」とフィリップ。

「ここはまだ誰も使ってないよ」、ギイさんが言う。

「この詩なんて書いてあるの？」

家のほうからこの農家の女の人——四十前くらい——がやってきて鍵を外してくれた。ごつい錠前だ。俺は納屋の戸を押して開けようとした。雨戸みたいな横にスライドさせる戸だ。三×五メートルくらい高さがある、すげえ重い、体で押して開けた。

暗い石の床に光が差し込んだが、壁までは光が届かない。広いなあ！

中に入るとモワッとほこりっぽい干し草の匂いがした。もうひとつの大きい戸を開けると少し明るくなって中が見渡せた。天井が高い。干し草がたくさん積んであって、あと、耕運機とか、よくわからない農機具が置いてある。壁のほうに近づいてくと、高い天井——一〇メートルはある——に組んだ木の梁が通ってて、冷んやりした空気が体を包む。寒いくらいだ。俺は笑って半袖のシャツから出てる二の腕を擦《さす》った。

「ここは昔は厩舎だったんですよ。馬がたくさんいてね。ほら、これがその……」

おかみさんが壁に打ち込んである錆びた鉄のリングを触りながらそこに馬をつなぐ

ジェスチャーをする。

「今は農機具をしまってるくらいで、ああ、もしここを使うならすぐに片づけますよ」

「牧場の向こうの倉庫にしまうから。手伝ってちょうだいね」、おかみさんが俺たちに言う。

「もちろん」

「この草は藁？」、俺は聞いた。

「そう、麦わらですよ」

藁はしばらくここに置いとけるといいのだけれど……、おかみさんがフランス語で呟くように言う（俺はそれくらいのフレンチはわかるようになってた）。

「いいよ。藁は置いといて。俺が使ってもいい？」

「使うって、藁を？　画描きさんが？」

「そう！」

「もちろん構いませんよ。いい藁でしょう？　でも、藁なんていくらでもあるんだからねえ。向こうの畜舎に敷く分があればいいの。もうすぐ、子供を産む山羊がいるんですよ」

俺ここでやるよ！　フィリップとギイさんに言って、おかみさんに今日から泊まっていいか聞いた。母屋に使ってない部屋があるからそこを使えと言ってくれる。見たらベッドもカーテンもあって言うことない。床も壁も石だ。あと、風呂やトイレ、台所も使っていいって。台所の大きい窓からは広い牧場が見渡せた。帽子を取ったおかみさんは燃えるような赤毛で、名前はルナといった。

俺たちは納屋を片づけはじめ、リーブンはワトゥの町に食べ物を買いに出かけた。それから俺たちはみんなで道の向こうに沈んでく夕陽を見ながらビールを飲んだ。庭のテーブルにパンやチーズを並べてるところに、ルナがスープと大きいハムを持ってきた。ワトゥのビールで煮た豚だ。みんなでワイワイ飲み食いしてる間、木のテーブルの上のランタンの火が生きもののようにみんなの手や顔を照らしてた。

フィリップたちが帰っていったあと、ルナも庭で洗った食器を抱えて家に入った。俺はテーブルの上のランタンを持って納屋へ歩いていった。戸を押し開けると、真っ暗じゃないけど――北と南の高いところに小さい窓があるから――暗い。がらんとした中へランタンを持って入ると、きれいな黄色い光が納屋を照らした。

なにこの光！　ヤベエ。

馬小屋

俺はランタンを床に置いてその小さいけど強い焔の明るさにしばらく見惚れてから
そのそばに寝ころんだ。石と土の匂いがする。冷てえ、けど気持ちいい！　けど冷てえ。

藁敷こう。

俺は積んである藁を二束持ってきて空間の真ん中辺に藁を敷いてみた。横になると
少しちくちくすっけどあったかい。

いいじゃん。

俺はランタンを横に置いて藁の上に寝そべった。

柔らかくていい匂いがする。なんだろう、懐しい、この感じ……

……俺、教会で育ったんだよね。目黒のそばの武蔵小山っていう小さな町の教会。爺ちゃんが牧師でさ、子供の頃はそこで育った。爺ちゃんは昔の日本人にしちゃすごい大男で一メートル九〇くらいあった。痩せたでかい爺ちゃんが日曜日の礼拝で真っ黒いガウン着て両手をバーッと広げて@#¥%¥£$$€なんか言うと、一番前に座らされてるちっこい俺はびびって後ろにひっくり返りそうになった。説教なんて聞いちゃいない、聖書なんてろくすっぽ読んだことねえんだよ。今だってそうだけど。だから俺はクリスチャンなんて言えない！　ただ子供の頃から教会で遊んでただけだ。

芸術なんてものが世の中にあることもなにも知らなかった頃だ。

俺は創るっていう字は知ってたんだよ。子供旧約聖書に神様は七日で世界を創ったって書いてある。一日目、暗闇がある中、神は光を創り、昼と夜ができた。二日目に、神は空（天）を創った。三日目、神は大地を創る。海が生まれ、地に植物がはえた。四日目、神は太陽と月と星を創った。五日目、魚と鳥を創る。六日目、神は獣と家畜を創り、神に似せて人を創った。七日目、神は休んだ。それが月火水木金土日の一週間だと。天地創造の創るっていう言葉がやったら出てくる。

だから俺はなにかを創るのは神様のすることだと思っていた。創るのは人間のする

ことじゃないと思ってたんだ。太陽――光を創ったのはどう見たって人間じゃないだろ？　空を創ったのも人間じゃない、咲いてる花や砂場の土や木や道や、実は小学校も俺は人間が創ったとは思ってもみなかった。世界はもうできている。俺はただ遊んでりゃいいんだと！

遊びながら俺は平気で花を踏むし池のザリガニやセミを殺していた。痛みは感じなかった。なにが悪い？　遊び場では全てが上手くいっていた。その上自分でなにかを創るなんてあり得なかった！　そう、せんせいと会うまでは……なにも。

この麦わらやランタンの光は人間が創ったんだよなあ！　違うか。光は誰かが創ったわけじゃない……。光はもともとこの世界にあったけど、それがなんなのか……。光ってなんなのか？　眼に見えない。いや、手をかざせば手が見えるけど、それはなんなのか……。

ここ馬小屋だって言ってたよな。

馬小屋で画描くのか……。面白《おもしれ》えじゃん。

ランタンの火はいつの間にか消えていて……

月明かりで暗闇にはならない藁の上で俺は夢を見た。

庭で鳥のさえずる声が聞こえる。よく寝た。薄暗い納屋の朝の光は美しい。

俺はここでいい作品ができないわけがねえと思った。

「ボンジュール」

食堂でコーヒーを飲んでると、デニムのカントリーシャツのルナが入ってきた。

「よく眠れた？　寒くなかったかしら、なにかいる物はない？」

「最高だよ」、俺はそう答えて、「ルナ、木が欲しいんだ。材木、長い材木」、俺は建材を担ぐ真似をして言った。「五、六本欲しいんだけど……、どこ行けばいいかなあ？」

「家にあるわ。裏よ、見に行く？」

カウボーイハットを被ったルナと母屋の北側の材木置場に行った。ひさしの影に柵用の杭や板塀や使えそうな材木がたくさんある。俺は見たところ五メートル以上はありそうな一番長い材木を五、六本選んだ。

「マサァト、小屋でもつくる気？」

ルナが笑って言う。長くてひとりじゃ持てねえ。二人で前と後ろを持って一本ずつ納屋に運んだ。

広い納屋の正面の石の壁は高さ一〇メートルはある。幅は二〇メートルくらい。硬そうな厚いレンガの石造りだ。これならどんだけガンガン材木がぶち当たっても壊れないだろう。俺は七メートルの、納屋の梁に使えそうなごつい建材を壁の真ん中に立て掛けた。


うお、すげえ！

これくらい長いと……、木っていうかビームだな。

大きいなあ！


俺は七メートルの木を見上げて思う、ここなら縦七メートルのこんぐらいの大きい画、パーンとつくりてえよな、自然光の薄暗い馬小屋にすげえ明るい黄色い光の画。

俺は納屋の中に立て掛けてあるビームを見ながらクレサンキャンバスの社長に手紙を書いた。

Dear President
……ワトゥという村にいます。至急二九番の一〇メートルのロールを送ってください。ただし、いつもは幅二メートル一〇センチだけど、今回は幅三メートルのが欲しい！
マサト

この空間の中で長さ七メートルのビームを眺めれば眺めるほど三×一〇メートルのロールキャンバス二九番が一本必要だった。

「ルナ、ここの住所教えて」

納屋の向かいの畜舎にいたルナを見つけて俺はファックスペーパーをひらひらさせながら慌てて言った。

「キャンバス送ってもらうんだよ。クレサン社にすぐファックスしたいんだけど……」

軍手を外したルナが俺から紙を取りあげた。チラッと読んでニコッとして、

「わかったわかった。クレサン社のファックス番号は？　出しといてあげる」

牧場の女、三本のビーム

「この山羊？」

「ん？……なに？」

「ほら、子供産まれるって言ってた……」

横長の南向きの畜舎の中に一匹だけ端っこのほうに蹲ってる山羊がいた。

「ああそうよ。シー・イズ・エクスペクティング、彼女、妊娠してるの」

ふうん……、めすでもツノや顎ひげがあるんだ。不思議な目だな。

瞳孔が丸くない……。銀白色の目の中に横に水平の黒いスリットが入ってる。

「いつ頃産まれるの？」

「たぶん一週間以内でしょう」

前脚を内側に折って陽だまりの中に蹲ってる山羊の腹は確かにたっぷりと大きい気

がする。知らない俺がそばにいるのにあまり動かない。

「ずっと座ってるね？　しんどいのかなあ？」

「どうかねえ、さっきまで牧場にいたけど。でもやっぱり休んでる時が多いわね。お乳もずいぶん張ってきてるし」「彼女もう母親だからね。ほらこの子たち、みんな彼女の子供よ。去年三匹産んでるの」

小屋の中に普通に大人に見える色違いの山羊たちがいた。白いのとローシエンナと……。あと牧場に黒いのと白いのとが夢中に草を食べてる。

「父親は？　どこ？　ホエア・イズ・ヒー？」

「あそこ、黒、ノワールよ」

ルナが笑いながら牧場のほうを指した。小屋に吊ってある鐘をちりんと鳴らすとそれまで夢中で草を食べていた黒い山羊がピクンと首をあげてこっちを見た。母山羊も顔をこっちに向ける。子供たちも。

カウボーイハットのルナが水飲み場に行ってバケツに水をジャーッと入れる。干し草にかかる水飛沫がきれいだ。

陽射しが強くなってきた。

七メートルの木二本と三メートルに木を切って、俺は納屋の石の床で作業を始めた。三本の木を長い釘と荒縄で縛ってコの字型の木組みをつくってから俺はこれが壁に立てられるかやってみた。この木、すげえ長いし重てえからさ……。ひとりで動かせなきゃ画描けねえもんな。

三メートルの上辺を持って壁際に引きずる。それから左の角を持ってまず木が壁の引っかかるとこまで持ち上げる。そして右だ。とりあえずコの字型が壁に突っかかった。俺の背の高さ――一メートル七五――ぐらいの低さだ。低いけど壁のこれぐらいのところで留まってくれねえと画が描けない。石壁がゴツゴツしててツルツル滑らないからいい。木が留まりやすい。ただ制作中は木がズルッといかないように床に滑り止めがいるな、ブロックかなんか、石の相当重いやつだ。

それから試しにビームを目一杯高く立てていく。左の木を持ってグッと上げてガッツと壁に当てる。木がギイギイ軋む。縄できつく縛ってなきゃすぐ外れてるとこだ。速攻で右の木を上げて壁にゴン！　また左、右！　おお！　立ったジャン。

でけえな！

俺は後ろに下がって空間のなかで高さ七メートルのコの字型の木のストラクチャーを眺める。納屋を歩き回った。藁に寝そべって（キャンバスはないけど）画を想像する。画って言うか光だね。コの字型の木は光を集めるちょっとした囲いみたいなもんだ。ここだと柵だな。

ふと納屋の外にある牧場の柵を想った。だからこの馬小屋に光＝画を入れればいいんだ。

画と外の枠、神秘の子羊の画と聖バーフ大聖堂《カテドラル》の関係、おし、いける。

ルーカスの絵の具、夏の天気

　基調色は黄色でいこうと決めていたが、俺は絵の具をどこで調達《ゲット》しようか悩んでいた。どこでなにをするかも全くわからずに来たから、なにも持ってきてない。ほとんど手ぶらで来たんだよ。ふらふらと匂いに誘われるようにこの牧場に入ってきてこういうことになって——確かに《思わぬ発見《セレンディピティ》》だ——降ってわいたような馬小屋の納屋で画を制作すんだからわざわざゲント帰ってシュライパーで絵の具調達してくんのはさ、やっぱ違うだろ。そりゃあ現地《ここ》で見つけんのが一番だけど、「ワトゥに画材屋なんかないよ」だって、「ギイさん町行くって言ってた？　じゃあフランスまで行くか」、フィリップと電話で話す。

「ルナー、ギイの家に行ってくる！　自転車貸りるよ！」

「マサァト、待って！」

ルナが母屋から走ってきた。

「クレサンからファックス来てるわ」

あ！

Dear Masato

残念ながら、きみの使っているクレサン二九番は幅二メートル一〇センチ×長さ一〇メートルが一枚布では最大で、三メートル幅は製造していない。どうしてもそれが欲しいなら特注になるが、製作に一か月かかるぞ。二九番は麻の荒目で双糸の二重織りだから時間がかかるのだ。展覧会はいつなんだい？　もし間に合わないならこれは私の提案なんだが、二九番に近い六八番というキャンバスがある。これは麻の中荒目で、やはり双糸、二重織りだ。二九番よりじゃっかん目が細かいが荒目に近い、二九番と同じように強くて柔らかいキャンバスだ。この六八番の三メートル幅の在庫がちょうど一本あるのだ。それで良ければすぐに送る。画布のサンプルをソチラに送るから考えて連絡くれ。

あと、こんなことが書いてあった。

マサト、ドイツの絵の具会社で「LUKAS《ルーカス》」というメーカーがある。素晴らしい発色と耐久性に優れた絵の具だ（ヴァン・ゴッホが使っていた絵の具だよ）。私は一年半きみの画を見てきてルーカスの油絵の具はきみの画に合うのではないかと思っていたんだ。「LUKAS STUDIO」の三五〇ミリリットルのチューブを使ってるきみを想像するのは楽しい（おそらくオイルカラーのチューブでは最大だ）。きみを紹介したいと思うがどうだろう。まず使ってみたらどうか？　全てフリーになるかはわからないが、便宜は図ってくれると信じる。色見本とカタログを画布のサンプルと一緒に送るから注文したい絵の具があったら連絡してくれ。

やった！　俺は思わずルナをハグしてキスしてしまった。もちろんほっぺただよ。

「絵の具貰えるかもしれない。ゴッホが使ってた絵の具だって！」

三日後クレサンから小包みが届いた。キャンバスは一か月は待てないから六八番を送ってほしい、ともう返事してたけど、期待してた絵の具はというと、俺カタログの色見本で注文すんの初めてで……、実はよくわからなかった。だってチューブから色を出した時の発色や質感とか、オイルの浸かり方、固さ柔らかさなんてフタ開けて見なきゃわかんねえじゃん。

まあ、ありがたいこっちゃ、いくつか使ってみようと俺は色見本を見ながら絵の具に☆をつけて紙に書き出していった。

クロームイエロー ライト——Chrome yellow light
カドミウムイエロー ミディアム——Cadmium yellow midium
カドミウムイエロー ライト——Cadmium yellow light

これは「LUKAS STUDIO」の三五〇ミリリットルの一番でっかいチューブだ。

カーマイン——Carmine
マダーレイキ ディーペスト——Madder lake deepest

バーントイエローオーカー――Burnt yellow ocher
バーントシエナ――Burnt Sienna
トランスペアラント オキサイドーレッド――Transparent oxide-red

俺はこの頃ホワイト、白い絵の具は使わなかった。クレサンのキャンバスを使うようになってからだ。キャンバス地の白とこっちの光との相性が抜群で真っ白いキャンバスに光が当たるとキャンバス自体が光で、そのうえ白を被せる必要はなかった。色を明るくするなら白のかわりに黄色を使う。

「色を色として使える。光はもうある。空気を混ぜる必要がないんだ」

俺はクレサンの社長にお世辞ぬき、二九番キャンバスのポテンシャルに驚いてよく言ったものだ。

日本にいた時は光を捕えるために色を抑えることがあった。その分俺は色を〝明るさ〟として使った。ものがはっきり見えにくい、かたちをはっきりさせることができない光だった。

こっちでは色を抑える必要がない。光は色を変える現実を変えるんだ。

五日後にはキャンバスが届いた。長い三メートル幅の二重織一〇メートルを巻いてある筒だ。ズッシリと重い。俺は納屋に入れて早速キャンバスを床に広げた。

瞬間、キャンバスの生っぽい匂いが納屋に立ち込める。

やっぱ三メートル幅でよかった！

広い石の床に白いキャンバスが出てくるだけで空間に画が始まるぜ。

正面の壁に立っているコの字型のビームを眺めながらロールから出て床に広がった白いキャンバスのそばでベルガムを巻いて火を点ける。その時陽射しがサーっと引いて納屋が急に暗くなった。

こっちじゃ天気も光も常に変化する。晴れてたかと思うとザアーッと雨が降り出す。広い納屋の中が急に暗くなったと思ったら、数秒後、頭の上や周りからすごい雨音が鳴り響きだした。屋根に当たるパチパチ爆ぜるような雨音や庇からジャーッと流れおちる水音、木々や葉っぱにザザッザザッと当たったりパラパラ〜って奔る雨粒音♪、池をタンタン叩く音♪、牧場に吸い込まれていく篭ったようなパカパカ低い遠くから聞こえるバスドラのリズム。馬が走ってるんじゃないよな……、どこかで人が歌ってるような……、なんだろう、風か……、まるでデキシーランドが混じってくるマーラーの交響詩みたいに賑やかだ。

庇が長いから雨は吹き込まないけど、薄暗いし、ブーツでわざとカツカツ音をたてながら納屋を歩き回ってるとなんか壁や床から石の匂いが強くなった気がしてなにかがせきたてられた。


〝藁敷こう！〟

俺はキャンバスを巻いてから、積んである藁をどんどん担ぎおろして空間に一面藁を敷き詰めた。どんぐらいだろう……、一〇×二〇メートルぐらいかな。寝床は束を盛った。

今度はほこりと藁の匂いが立ち込める。

その頃にはもう雨があがってさっきまでの暗い空はなんだったんだ？っていうくらい、外はどこもかしこも水気を含んだ真珠色の明るい光が溢れている。

納屋の中は薄暗いけど、外の強い光の中で空間に明るさが溜まってく。

俺は敷いたばっかの藁に仰向けに寝転んで目を瞑った。やっぱ明るいなあ。

天国じゃん。

俺はコの字型のビームをズズッ、ズズッ、と少しずつ壁から降ろしていって藁の上に寝かせた。それからその上にキャンバスのロールを被せて五、六メートルくらい白いキャンバスを引き出した。

キャンバスと藁の匂いが納屋に立ち込めた。

大昔どこかで夢見てたような……でもやったことのない画が始まる。

お産

「ルーカスの絵の具、びっくりしたよ。これ見てくれ！」

「色の爆弾みたいだろ？」

俺は絵の具だらけの手に持っている三五〇ミリリットルの真っ黄色の絵の具をフィリップにポンと投げた。フィリップがよせって逃げて絵の具がドサッと藁の上に転がった。

「すごいだろ、この色の発色」

俺は藁の中を歩いて画のほうに行った。

コの字型のビームにキャンバスが被さって壁に突っかかっている。高さは俺の胸ぐらいだから左右二本のビームは壁から六メートルは出てきて木の先が藁に埋まっている。そこにでかい石のブロックをストッパーに二個置いていた。

「また黄色だ」、フィリップが呟く。

俺は「ああ、まだ満足できないから」と答える。

ギイも様子を見にきていた。

「マサァト、これどうやって描いてるんだ?」、藁の中を画に近づいてきてギイが聞く。

「どうって?」

「だってこれ塗ってるところに手が届かないじゃないか」

「ああ、画の中入って描くんだよ」

俺はキャンバスをめくって木枠を跨いで中に入ってみせた。

「画を描きながら少しずつ立てていくんだ」

「床で始まった画が壁のほうにいってビームと一緒に段々立ち上がっていくわけ」

「キャンバス、切らないの?」

「切らない」


光なんだ。

「ほんとに子供たちみたい」

藁の上に転がってる絵の具を見ながらルナが言う。

山羊の赤ん坊が産まれたのは昨夜だった。

俺は知らなかったんだよ。夜ホムロフから帰ってきて納屋で制作してた。すげえ苦戦中。上手くいかなくてさ……、てか思った以上にビームが長《なげ》えし、キャンバスはロールがついたままだから絶望的に重い。描いてて動く度ビームが外れそうになるから何本か二メートルくらいの木を持ってきてそれでキャンバスを押さえながら……、でも石を重しに噛ませていても、何度ズルッと滑ってグシャッと藁の上に崩れたか。〝あーっ、もうやめるぞ!!〟その度にまた起こして、画に藁はくっつくし泣きたい気持ちだった。

夜、火を入れたランタンは戸を開けて外の縁に吊るしてた（藁に燃えうつって火事出したら大変だからさ）。チラッと牧場の向こう見た時、厩舎に灯りが点いてるとは思ったんだよ。でも特に変わった感じしなくて俺は画を続けた。

一時間くらい、いや二時間は経ってたか……、何時だったんだろう、厩舎のほうの灯り見て、なんか動いてる、アレッと思って行ったんだ。

そうしたらもう産まれてた。それも二匹！　厩舎の中で白いのが動いてた。小さな細い脚で一匹はもう立ってて、もう一匹がカクカクしながら鳴き声をたてて立とうとしてる……。

藁の上で二つの命が誕生していた。

「双子？」、俺は母山羊の体を拭いてるルナに聞いた。

「そうよ。続けて産まれたの。山羊は珍しくないわ」

電球の下で前脚を折って後脚を横に投げ出して蹲ってる母山羊の目がテラテラ艶っぽく見えた。

厩舎の中を分けてある向こうの柵に乗っかるように脚を突っ張って子供たちを見ている黒がいた。

脇のほうに血がついた藁があった。

納屋に戻ってきて、グシャッてなってる無様な自分の画を見て俺がどう思ったかわかるだろ？

夕方みんなで厩舎に子山羊たちを見にいった。

分かれた柵の中で小さい二匹の山羊がもう軽くピョコピョコ歩き回ってる。みんな歓声をあげる。

〝わお！　早いなあ！〟

俺はびっくりした。昨日の今日じゃん！

母親のとこ行っちゃ舐めてもらったり、横座りしてるお腹に頭から潜り込んでお乳吸ってる。

「眼、見える《see》のかな？」、俺は牧場で刈った草を集めてるルナに聞いた。

「子供たち？」

「うん」

「見えてないでしょうね」

刈った牧草を一輪車に積みながらルナが言う。

「だよね」

「……母親のとこ行くよ」

「わかる《see》んじゃないの」

〝俺も藁の上で画を誕生させるぞー〟


それから俺がやったことは光源を太陽だけにすることだった。

六月の今は一番陽が長い季節だ。朝は五時半くらいに陽が昇って、夜十時まで空が明るい。

納屋は基本的に薄暗い。大きい窓はなくて北と南の高いとこに窓があるんだが、南は雨よけのシートが貼ってある。北の石壁の高いとこに開いた窓と南にある戸を開けて光をいれていた。薄暗いけど、絵の具の色ははっきり見える。長い日照時間の中で絶えず変化する天候。太陽は納屋の中に瞬間瞬間の生きた光を入れてきた。

光は色を変える。俺の手のひらの絵の具を変え、混色する指の動き、手の動き、体の感覚が変わる。

太陽の光は俺の声の調子を変え、画との対話の仕方を変えた。

俺は反射光に対して少し優しくなってる自分を感じていた。今までは光を受けてちゃらちゃら表面を戯れる反射光が嫌いだった。例えば洋服、ドレスのひだや窓ガラスや眼鏡の反射光だ。

表面の光の効果ってやつが嫌いだったんだ。

〝ゲントに行くってことは外で画を描くってことだったんだなあ！〟

外はあらゆる光に満ちていた。

リフレクテッド・ライト――跳ね返ってくる光、太陽からの光が地面や、池や、人に当たって跳ねかえってくる、ピンポンの玉みたいに、全て対話なんだ。

押しつけちゃだめだ。少ない光を捉えようとして追いかけるばかりが能じゃない、我慢することも、そうすれば次の瞬間思いがけないもっときれいな光が画に当たることがあった。

俺はもともと寝坊だ。早起きすると午後は眠たくなる。絵の具だらけになった手や体を庭のホースの水と石鹸で洗って、絵の具をざっと落としてから俺は毎日池に飛び込んで泳いだ。それからボートで昼寝をした。太陽は頭の真上にあった。ルナが麦わら帽子を貸してくれた。もうひとつのボートで見たことのないブロンド美女が眠ってることもあった。

「シシィよ。イタリアから来たの」。彼女、アーティストと言っているけど参加アーティストの名前にシシィなんてなかった。アーティストの誰かのガールフレンドなのか、ひとりでたまたまいるのか。

♪ She's nobody's child, the low can't touch at all… ♪

ボートの上でオフェリアみたいに眠ってる。

夕方の赤い陽で制作して、夜外へ行ってホムロフで食う日もあるし、ルナがつくってくれる日もある。印象派の画家たちみたいにギイやワトゥに来てるアーティストたちとピクニックする日もあった。

夜まだ陽が沈む前に納屋に戻ってきて俺は制作を続けた。

北の窓から青い夜空の光が入り、それも段々消えてすっかり暗くなる。

夜、俺はもうランタンに火を入れなかった。

納屋には電球もあったが点けるつもりもない。

ほぼ真っ暗になる。

それからはキャンバスが光になるんだよ。比喩じゃないぜ。

藁を踏んで闇の中を画に近づいていく（藁は進むのにいい）。ほとんどなにも見えない。

でもビームを跨いで画に入って顔と手を近づけると、見えてくる、見えるんだよね。

白いキャンバスから光が。

　この色がカーマインなのか、ディープマダーなのかはわからない。クロームイエローなのかカドミウムイエローなのか。ライトなのかディープなのか、そんな名前はどうでもいい！　ただそれがなんなのかはわかる。じーっと待って、手をかざしてみなよ、温度って言うか、ソレは熱量なのか⁉

　俺は納屋の中で白いキャンバスを光源にして画を描いた。

　白いキャンバスは反射光でもある。この納屋に届くのは本当に微かな月明かりだけど強い磁場を感じる。キャンバスはその光の受け皿になってくれて手を照らし、画を照らす。

　太陽の光は離れて目を細めて光量を調節しながらのほうが画は広くはっきり見える。山羊みたいにね。

　キャンバスの光は近づいて目を思いっきり開けて見ないと見えない。目を閉じたらだめだ。手を近づけて目を開けて見るんだ。

　真っ暗な中、キャンバスの光で制作をしたあと、朝陽が入り納屋が明るくなっても俺は朝の光で画を修正することはなかった。

〝馬小屋の光は聖書の寓意じゃない、現実だった。藁も山羊もここじゃなにもかも現実だったんだ！〟

ようやく七メートルの画を持ち上げて壁に立てたあと、俺は二〇時間くらい藁の中で眠り続けた。

ギイが俺の作品からコラボする或《あ》る詩を選んだ。フェルナンド・ペッソーアの「XXXI」という詩だ。

「この詩をこの納屋の壁に貼っていいかい？」

「どういう詩？」

訳してくれたけど、ギイの英語はほとんどわからなかった。最後の一行以外は。

最後の一行は、

「Met betrekking tot de dingen,

ものごとに関して

Met betrekking tot de dingen die eenvoudigweg bestaan.

ただ存在することに関して

Hoe moeilijk is het jezelf te zijn en slechts het zichtbare te zien!
自分自身であること、
そして眼に見えるものを見ることがどれほど難しいことか！」
〝眼に見えるものを見る〟、本当にそういう夏だった！

XXVI

SOMS, OP DAGEN VAN VOLMAAKT EN ZEER SCHERP LICHT

時には完璧で正確な光の日に

Soms, op dagen van volmaakt en zeer scherp licht,
時には完璧で正確な光の日
Waarop de dingen zo werkelijk zijn als ze maar kunnen zijn,
ものごとには全て現実がある
Vraag ik mij langzaam af
私はゆっくりと自問する。
Waarom ik Schoonheid toeken
Aan de dingen.
なぜものごとに美を割り当てようとするのか
Een bloem bijvoorbeeld, heeft die schoonheid?
例えば花にはその美しさがあるか?

Is er soms schoonheid in een vrucht?
果物に美しさがあるか？
Nee: ze hebben kleur en vorm
いや、そこには色とかたちがあり、
En ze bestaan, meer niet.
そして存在するだけ
Schoonheid is de naam van iets dat niet bestaat
美は存在しないものの名前
En die ik aan de dingen geef in ruil voor het genot dat zij mij geven.
そして彼らが私に与えてくれる喜びと引き換えに、私はものを与える
Hij betekent niets
それはなにも意味しない
Waarom dan zeg ik van de dingen: ze zijn mooi?
私はなぜものごとに美しさを問うのだろうか？

Ja, zelfs mij, die alleen van leven left,
私にも人生があるのみ
Bezoeken, onzichtbaar, de leugens der mensen
訪れる眼に見えない、人々の嘘
Met betrekking tot de dingen,
ものごとに関して
Met betrekking tot de dingen die eenvoudigweg bestaan.
ただ存在することに関して
Hoe moeilijk is het jezelf te zijn en slechts het zichtbare te zien!
自分自身であること、そして眼に見えるものを見ることがどれほど難しいことか！

フレーミング

「なあ、作品ってどこからどこまでがその作品だと思う？」

オープニングも終わってゲントに帰ってきて、久々に町へ出た俺はマックでポテトをつまみながらモヤモヤしてることをフィリップに話し出した。

「ワトゥのさ、俺の画があるじゃないか。納屋に入ってあの黄色い画を見る時、床置きなんだから当然藁は見るよな。藁の上に画がある。納屋には一面藁が敷き詰めてあって、絵の具やボロやら転がってる。俺はそこで寝てたんだから……」

「パフォーマティブかインスタレーションか絵画か？ってことか？」

「違う。括りはどーでもいい。俺にとっちゃ全部画なんだ。その画がどこまで広がっていくのか？っていう話だよ」

俺は続けた。

「つまり……納屋まではいいさ。納屋に画があるんだから。じゃあ納屋の外は？　牧場は？　納屋は牧場の中にあるじゃん。みんな柵を開けて牧場に入って歩いて納屋を開けるんだから。

俺は制作してる間、毎日牧場に入った。絵の具持ったまま牧場にいたこともあるし、カウボーイハット被ったルナが草刈ってるの手伝ったり、山羊のコロコロっとした黒いうんこがそこらじゅうにあるからうんこ踏んだブーツで納屋に戻って画描いてたかもしれない」

「言おうとしてることはわかる」、フィリップが言う。「でも、牧場は日常だ。納屋を開けた瞬間藁の上にきみのつくった七メートルの画が立っている、あの納屋は現実のようでありながら全くの別世界になってたよ」

「そう？……納屋の外壁に白ペンキで詩が書いてあるだろ。詩が書いてあるのは建物の中に作品がある目印だった。アラビアンナイトみてえだった！　俺はよく絵の具を持って牧場に立って外から納屋を見て中の（見えない）画を想像したんだ。

そうそう、ちょうどその時さ、時々見る黒い猫がトコトコ納屋の中に入っていったんだよ。しばらくして暗がりから明るいとこに眩しそうに出てきた猫が額に黄色い絵の具をつけてたんだ。そのままどっか行った。それ見た時思ったよ。画を床置きにするとなんでもくっつくんだなあって。そのくっつくものが現実なんじゃないか！って。

いや、納屋の中じゃなくて、あの牧場の入り口か、柵のところに作品名のキャプションつけてたらどうだったかな？って考えるんだよ」

九　修道院《ポルトアケル・モナストリウム・》ホテル《ホテル》――宮城県美術館プロローグ

宮城県美術館の和田って人からファックスがきてゲントに来たいと言ってきた。日本の美術館からの初めての個展の話だ。二〇〇〇年の七月から十月にどうか？　もう一年もない。

すぐに電話をしてきた。小せえ声だなあ。とにかく来ればと言って、来る日を聞いた。ぼそぼそとそれから申し訳ないが…、と言いながら「ホテルを取ってくれないか？」と俺に言う。三泊。いいよと言ってゲントの元修道院だったホテルが安いからそこを見に行って予約した。

和田さんをゲント聖ピータース駅に迎えに行ってすぐS.M.A.K. に行き美術館を見

学して、外のカフェテラスでヤンと会った。

ヤンは俺の美術館での最初の個展が日本の美術館だってことを喜んだ。

俺は和田さんが《絵画＝空》を宮城県美術館で展示したことがあると言うのにびっくりしたよ。一九八六年って言ったら佐谷画廊で「空」を発表したばかりの頃だ。俺は宮城県となんの関係もない。まだ誰も俺のことなんか知らなかったはずだ。

「ふうん、よく選んでくれたね」

「というか、なぜ自分の画が出てる展覧会を見にこないのか？」

和田さんは笑って言った。

「二〇点？　少ないなぁ……」「二〇点というのは美術館の個展にしたら相当少ないね」

スタジオに来て二人で会場の図面を見ながら俺がポンポンとだいたいのイメージで「大きい画は二〇点ぐらいだ」、そう言うと和田さんは最初かなり不満そうだった。

「ドローイングやデッサンは？『夜に』っていうデッサン展去年やったじゃない」

「あれはこのスタジオで夜ろうそくの光だけで描いたんだ」

「出そうよ」

「出したくない」

「最初の美術館の個展だ。キャンバスと絵の具と木枠でつくった絵画だけで展覧会やりたいんだ。それが俺の画だから」

「……うーん」

和田さんはしばらくうーうー唸ったあと、「そうか……、そうだよな。よし、わかった」と大きく頷いた。

「額縁にきっちり収まった画じゃねえんだよ」、俺は笑って言った。

「二〇点って言ったたって！　俺の画展示したらあの空間ならたぶん多すぎるくらいだ。今度一緒に会場で展示してみた時にわかるよ、俺が言ってる意味が」

話に夢中になって真夜中になった。ゲントの旧市街の灯りが所々にしかない暗い路……、曲がり角の向こうから馬車がパカパカやってきそうな、細い石畳の路地を二人で歩いて和田さんの泊まるホテルに帰ってきたら、門の扉が閉まってた。押しても叩いてもびくともしねえしブザーもなにもない。

「あーあ、和田っち、入れねえじゃん」

「元修道院だからなあ。やばいね。やっぱきつーい門限とかあんだよ」

和田さんはひとりで暗い塀沿いをウロウロ歩き回ってからシーッっと人指し指を立てて嬉しそうに「小林！」と俺を呼んだ。

「ここなら入れるかも、肩車してくれよ」とか言って……、石の塀、けっこう高かったけど、俺が肩車して、和田さん懸垂して塀を乗り越えてホテルの庭に飛び降りたよ。

修道院の塀は乗り越えるためにあるみたいだな……、俺は数か月後、制作しに行ったレーベンの本物の修道院の塀をほぼ毎晩乗り越えることになる。

二十世紀最後のニューイヤーイブを
みんなで祝おうとブリュッセルに繰り出した。

シャンパンを持って高台にあるモンデザールの丘でカウントダウン。

花火がドン！とあがる。パンパンパンパンパンパン！

おめでとう！　Gelukkig Nieuwjaar!　Bonne Année!　A Happy New Year!

ミレニアムの幕が開けた。

ゲントに着いてすぐ手に入れた自転車。ゲント市のライオンのマークが入っている。左奥に見える赤煉瓦の建物がDuifhuisstraat 52のスタジオ。

市街を流れるレイエ川、その川岸のグラスレイの絵葉書。
水辺は絵画を考える良い場所だった。

聖バーフ大聖堂《カテドラル》の夜景。

高さ89m、中にファン・エイクの《神秘の子羊》がある。

ファン・エイクの《神秘の子羊》。
「Over the Edges」展の時もこの画を見にいってから、
展示場所となる塔を見つけた。

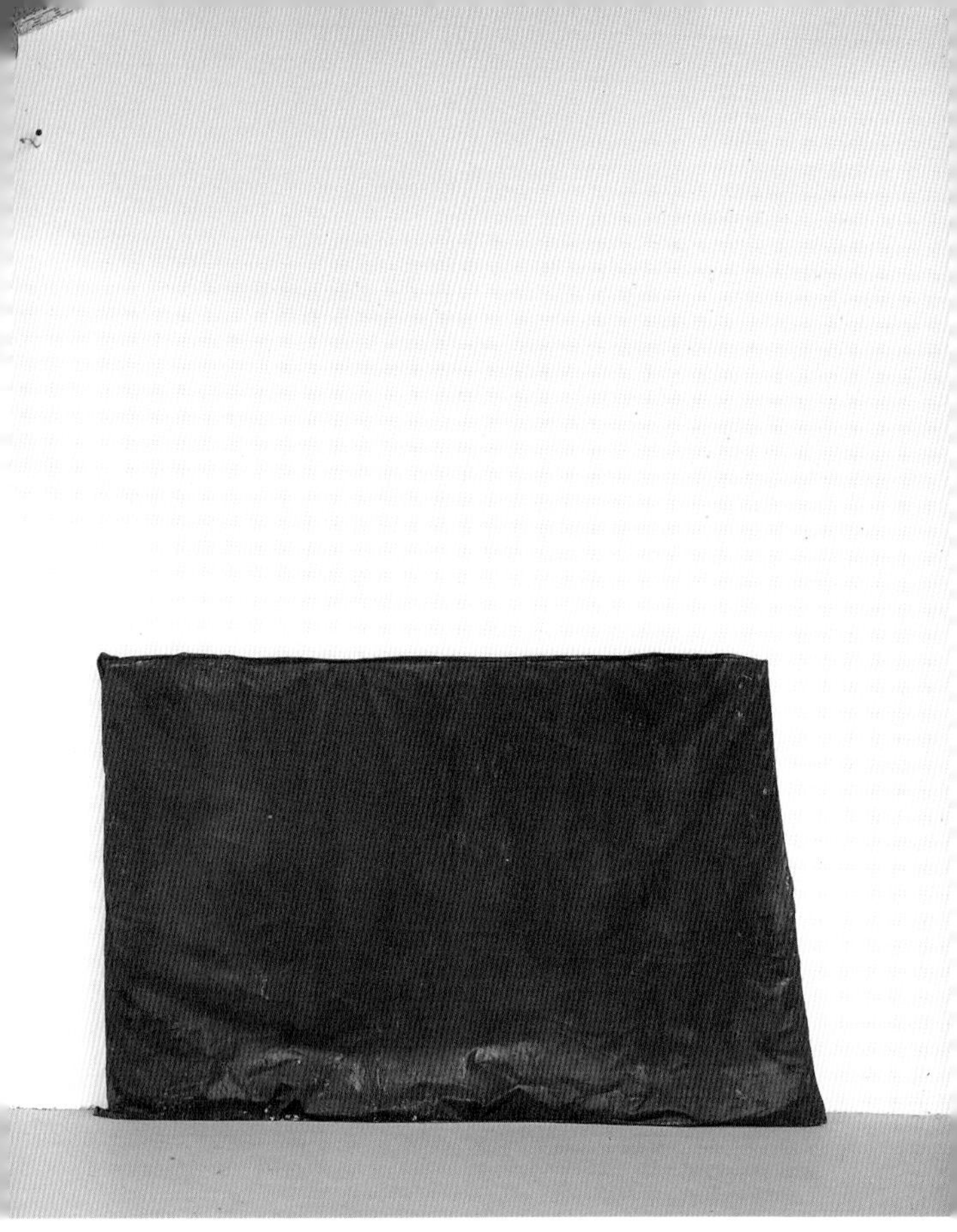

「赤い扉」展に出品した2点。最初の床置きの画。
横長の「赤い星月夜」(《Unnamed #2》)と縦長の「黄色い焔」(《Unnamed #1》)。
“De Rode Poort” Museum van Hedendaagse Kunst, Gent. 1996

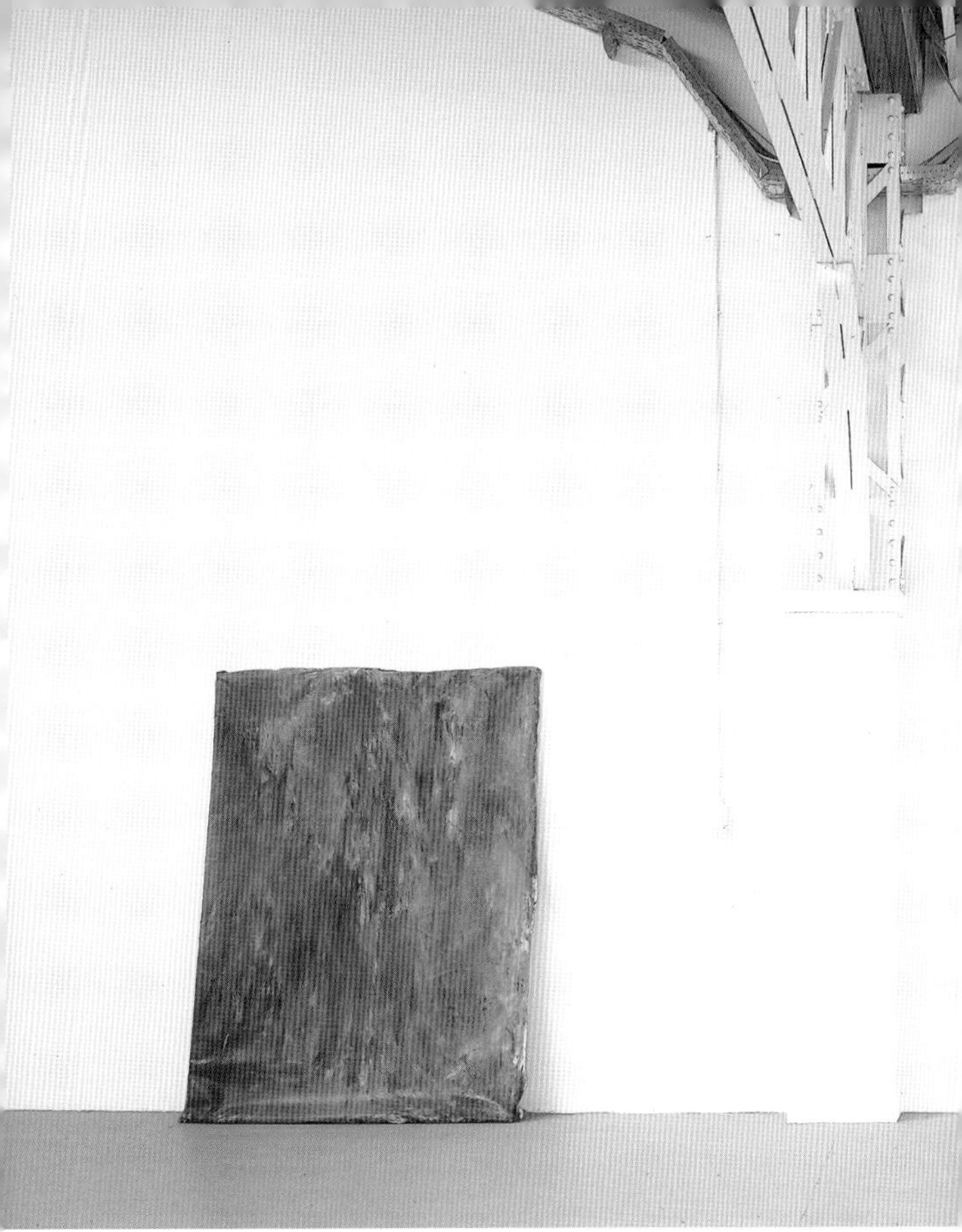

[右]《Unnamed #2》1996 / oil, canvas, wooden frame / 200×300 cm / 宮城県美術館 | [左]《Unnamed #1》1996 / oil, canvas / 230×190 cm / 個人蔵 | 2点ともphoto: Dirk Pauwels

［上］
《Unnamed #6》
1998
oil, canvas, wooden frame
190×368×62cm

［左］
《Unnamed #7》
1997
oil, canvas, wooden frame
252×230×80cm
東京国立近代美術館
photo: Dirk Pauwels

スタジオの一角

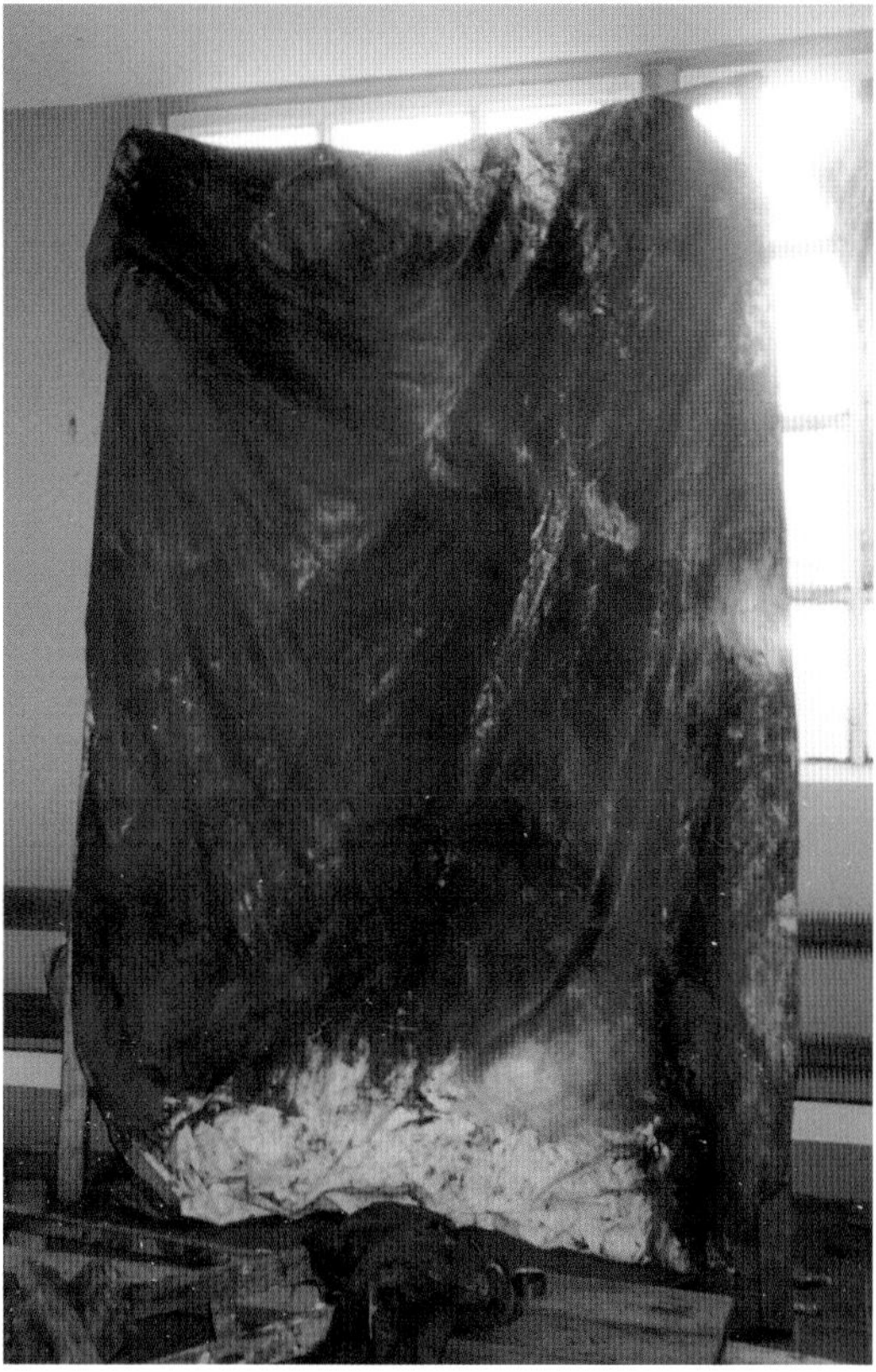

《Unnamed #10》

1998 / oil, canvas, wooden frame / 290×190×85 cm

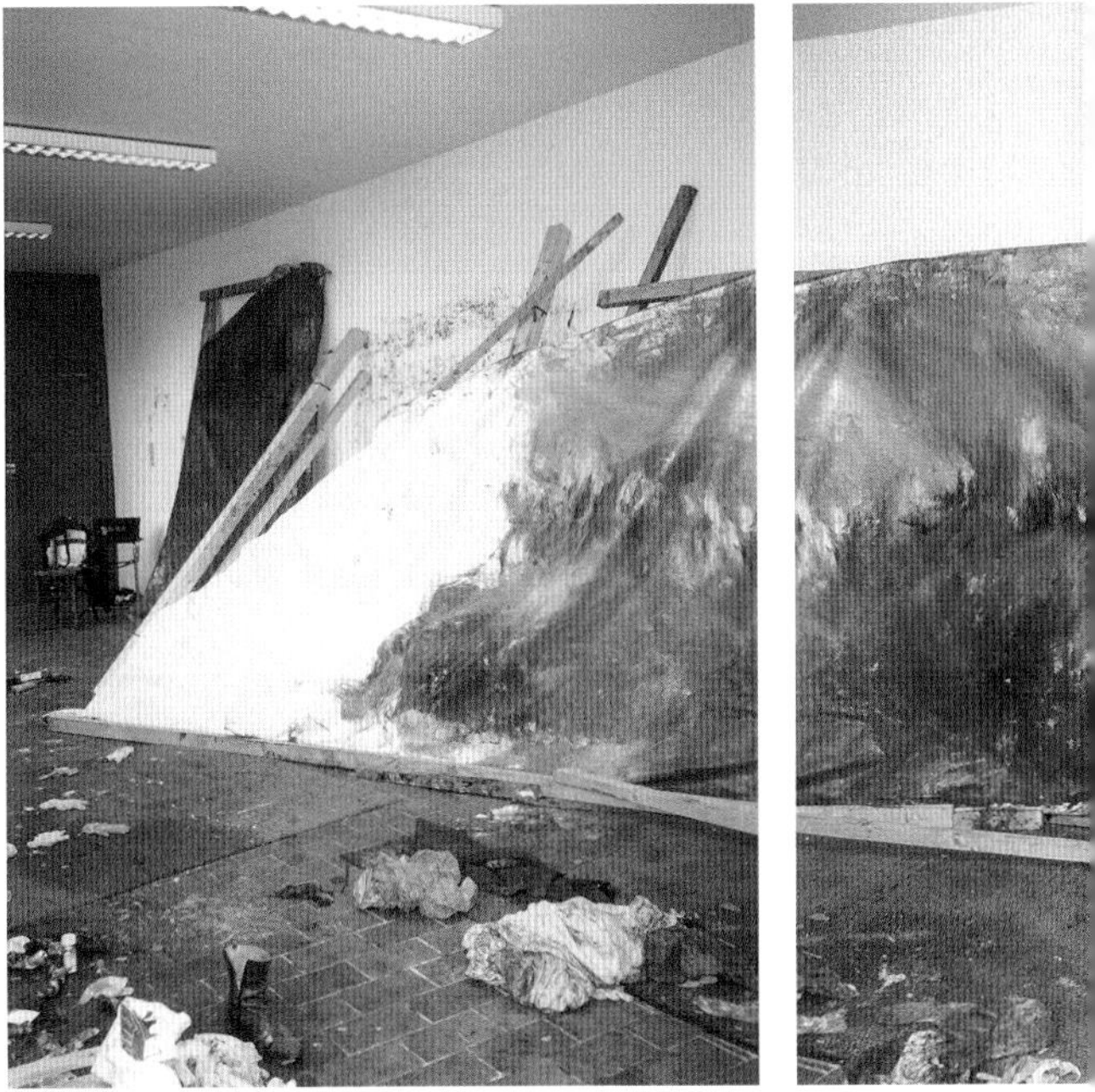

S.M.A.K.の開館展“The Opening”に出品した《Unnamed #14》。
完成時は長さ約7mになった。
《Unnamed #14》1998-1999 / oil, canvas, wooden frame
230×650×200cm / ゲント市立現代美術館

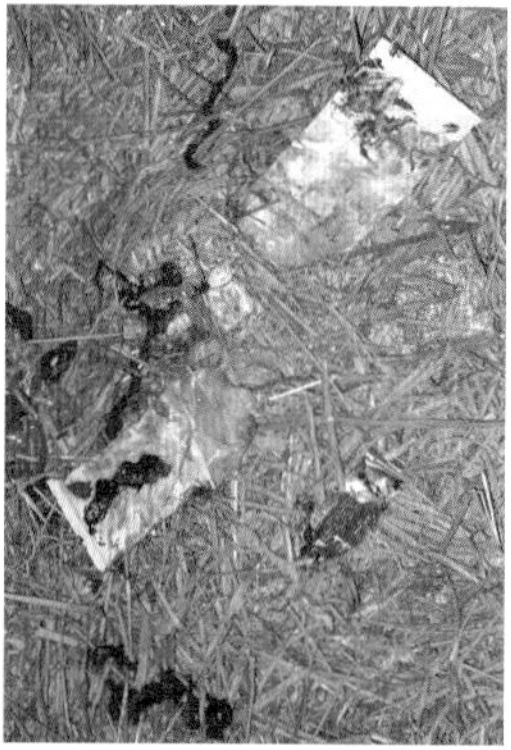

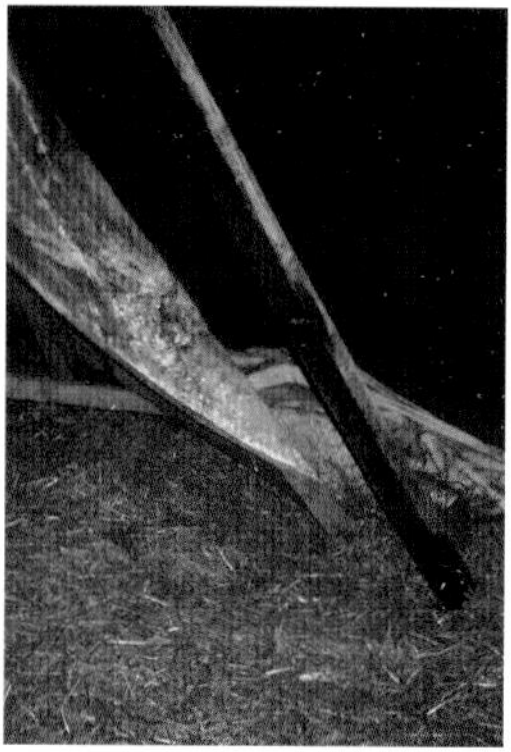

Watou Poëziezomer '99: Serendipiteit /「ワトゥ 夏の詩 ―― 思わぬ発見」展(1999)。フランス国境近くの村、ワトゥで毎年行われた展覧会。小林は、広い牧場の元馬小屋だった納屋を選んだ。建物の外壁に詩が書いてある場所が展示会場のサイン。

《Unnamed #15》

1999 / oil, canvas, wooden frame / 680×300×230cm / photo: Liedeke Kruk

Watou Poëziezomer "Serendipiteit"より。馬小屋にあった藁を敷いて制作した。

見張り塔《ウオッチタワー》の前でフィリップと。"Over the Edges" S.M.A.K. 2000

藁の上の《Unnamed #9》
1998-1999／oil, canvas, wooden frame／147×330×110cm／個人蔵
「小林正人展」宮城県美術館、2000年

レーベンの修道院の馬小屋で制作した《Unnamed #20》
2000 / oil, canvas, wooden frame / 310×500×130 cm / photo: Dirk Pauwels
"Epifanie" Abdij van het Park, Heverlee, 2000

Masato Kobayashi
'A son of painting'
18 maart - 28 april 2001
S.M.A.K.

［右］

S.M.A.Kでの個展DM。木枠のストラクチャーを組み立てる順番を書きこんだクリス・マーティンのメモが見られる。「だが二度と同じにならない！」。

［上］

《Unnamed #16》

1998-2000／oil, canvas, wooden frame／270×320×300cm／個人蔵

photo: Dirk Pauwels

"A Son of Painting　Masato Kobayashi" S.M.A.K., 2001

個展に際して行われた食事会の様子。中央に小林、向かいにはヤン・フートの姿。ほかにも、ジニ・グリンバーグ、クリス・マーティン、カトリーヌ(クリスのガールフレンド)、シスレー・ジャファ、アイーダ・ルイロバ、フィリップなどがいる。壁にはリュック・タイマンスの画が掛かっている。photo: 杉田和美

S.M.A.Kの開館に向けてボクシングの練習をするヤン・フート。
ベルギーの週刊誌『Knack』より。

ルイジ・ペッチ現代アートセンターの「先立未来」展会場。作品の前に立ってるのは東島真弓さん。撮影は東島さんと一緒に来ていた静香さん。
《Unnamed #22》2001 / oil, canvas, wooden frame
"SENRITSUMIRAI. FUTURO ANTERIORE/FUTURE PERFECT"
Centro per l'arte Contemporanea Luigi Pecci, Prato. 2001

[右上]

制作にあたり、木枠を壁に立てかけ、絵の具をポンポンと床に投げる小林。

[右下・上]

食糧ビルで制作した3点。昼と夜のギャラリー。

《Unnamed #23》(赤)、《Unnamed #24》(青)、《Unnamed #25》(黄)

photo: 武藤滋生 "Paintings in Situ" RICE GALLERY by G2. 2001-2002

ゲントのスタジオで完成し、そこから出ることはなかった
《Unnamed #27》2002, oil, canvas, wooden frame

Photo: 渡辺静香

初めてのヌードペインティングとなった《Unnamed 2003（#3）》
2003-2004 / oil, canvas, wooden frame / 173×300×40cm / 個人蔵

LUKAS STUDIOの"この星の"絵の具

〝せんせい、二十一世紀だよ〟

二〇〇〇年

十　境界を超えて――Over the Edges

春、ゲントの町が賑やかになった。
ゲント市街全域を使っての展覧会「Over the Edges《オーバーディエッジ》」だ。
プレスカンファレンスが開かれアーティストたちがゲントにやってきた。

Mario Airó, Simone Berti, Marco Boggio Sella, Dirk Braeckman, Cai Guo Qiang, Maurizio Cattelan, Tom Claassen, Thierry De Cordier, Peter De Cupere, Wim Delvoye, Honoré d'O, Jimmy Durham, Olafur Eliasson, Eva & Adele, Jan Fabre, Belu-Simion Fainaru, Nicolas Floc'h, Alicia Framis, Giuseppe Gabellone,

Alberto Garutti, Fabrice Gygi, David Hammons, Carsten Höller, Jonathan Horowitz, Huang Yong Ping, Ilya Kabakov, Allan Kaprow, Kcho, Stefan Kern, John Körmeling, Joseph Kosuth, Dimitris Kozaris, Patrick Lebret, Bernd Lohaus, Emilio Lopez-Menchero, Tony Matelli, Rita McBride, Juan Muñoz, Maria Nordman, Michelangelo Pistoletto, Avery Preesman, Philippe Ramette, Navin Rawanchaikul, Pipilotti Rist, Gert Robijns, Ugo Rondinone, Michael Ross, Kiki Smith, Haim Steinbach, Charlene Teters, Brian Tolle, Keith Tyson, Hubertus en Jan Van Eyck, Joep Van Lieshout, Vedova Mazzei, Angel Vergara, Sislej Xhafa

アーティストには街のコーナーを使うことが課せられた。

ヤンとキュレーターのジャチント・ディ・ピエトロアントニオはワトゥの俺の作品を見ていた。すげえイタリアなまりの英語で唾をとばす。

「マッザァト！　おまえはペインティングをつくらないといけない！」

つまり、スタジオにある作品を展示するんじゃなくて、現地でつくれ！ってことだ。

「もちろんそのつもりさ」

願ってもない、どこで画描こう？　画を描く建物が必要だ。

コーナーにある建物か……。

俺はその建物を見つけようと街をぶらぶらした。三月に入ってもまだ寒い。俺はPコートに両手をつっこんで橋のたもとから運河を眺めた。ギザギザ屋根のギルドハウスが並ぶ東岸の香草河岸《グラスレイ》、聖ニコラス教会の間の小麦市場《コーレンマルクト》や金曜市場《フライダーフマルクト》、フランドル伯爵の城《グラーベンスティーン》と歩き、聖バーフ広場に戻ってきた。

鐘楼《ベルフォート》の時計を見るとまだ三時だ。

いつもの広場の階段に座ってタバコ吸って、しばらくポケッとしてから俺は大聖堂《カテドラル》の中にふらっと入っていった。

暗い聖堂の中で、久々に《神秘の子羊》を見て俺はびっくりした。

ほとんど反射光じゃねえか！

ファン・エイクが描いてるのは子羊の体じゃない。表面を覆う白い毛の細かい反射光だった。赤い血も反射光、金色の聖杯も反射光だ……、マリアやキリストも、全てその効果を駆使して描いてる。

まるであの時、月光の下で赤毛のルナがお腹を拭いてる子供を産んだばかりの母山羊と藁の上に産まれたばかりの子山羊がいて……、ワトゥの厩舎の木目の至るところに当たってた光、カウボーイハット、銀色の水飛沫、止められない時間、これが定着できないから泣きたくなる気が遠くなるような光を、時間を止めて細かい筆で丹念に平面に描き出しているようなものだ。

ガラスケースに額がくっつくくらい、近くで画を見て、俺は暗がりから急に明るい外に出て太陽の眩しさにクラッときた。

なぜか俺は迷いなく大聖堂の影に入り影の中を歩いて裏に回った。午後でも暗いこんな道は知らなかった。カテドラルの巨《おお》きい影が隣の塀まで落ちた狭い路地を歩く。そのまま少し歩いた先に二叉路があって、コーナーに高い塔があった。中世の円筒形の高く聳える塔だ。明るい空が見えた。白い塔に陽がカーンと当たってる。

〝これだ！〟

入ろうとすると、槍がズラーッと立ってるみてえな鉄柵が閉まってる。中はきれいな庭で高い塔を囲むようにレンガ造りの建物、ちょっとお城みたいな。あ、プレートになんか書いてある。フレミッシュとフランス語で、

Conservatoire……コンセルヴァトワール……〝コンセルヴァトワールだって!?〟

まじか！

音楽学校じゃん。せんせいから名前聞いたことがある。行きたかったたって。国立音大の学生の時、脚が悪くなかったらね……、パリって言ってたからここは分校かな？でもベルギーにも有名なコンクールがあるって、エリザベートなんとかっていう。

俺はちょっと耳をすませた。中からはなにも聞こえてこねえ。俺は耳をすませながらレンガの建物に沿って歩いた。けっこう巨《おお》きい。てか、あ、門がある。開いてるんだ。何人か楽器のケースを持ってる娘《こ》たちがいた。彼らにちょこちょこっと話しかけてから、俺は学校に入ってフィリップに電話した。

「見つけたぞ、すぐ来てくれ」

「どこだ？」

「コンセルヴァトワール、カテドラルの裏だ」

フィリップはここを知っていた。

三〇分後、俺たちは聖バーフ大聖堂前の広場で待ち合わせて、一緒に塔を見た。フィリップは「ビューティフル！」、そう言って「二、三日くれ。塔を使えるか、交渉してみる。たぶん市の文化遺産＝歴史的建造物だろう、でもなんとかするよ」と笑った。

フィリップは本当になんとかしてきて、俺はそこを使えることになった。「グレイト！」。そういうとこがこっちはすごいよな。日本だったら許可が下りるまでに人生終わっちまうかも。

数日後ここの人の案内で俺とフィリップ、保存修復のフレデリカとで塔に入った。塔は十六世紀に建てられたらしい。外からは白く見えるけど、青い石、石灰石だ。中に入るとゾクッとするほど冷んやりして暗い。狭い円筒形の空間だ。幅二メートルくらいの階段を螺旋状に上っていく。途中飾りはなんもない、ほんとに一〇センチくらいの四角い穴がいくつか空いてるだけだ（外から見ると窓に見えるけど……）。ここの人はずっとフレミッシュでしゃべってるから説明聞いてもわからねえ。

八〇段の階段を上って明るい場所に出た。

すごい、八角形の部屋？　すげえ見晴らしがいいじゃん！

「ここは？」

「もともとは監視塔だったものです」

「ウオッチタワー《The watchtower》だ」、フィリップが言う。

見張り塔《ウオッチタワー》

ああ、確かに、東西南北に大きい窓がある。ウオッチタワーって、ようは見張り塔だよな。誰かの城だったんだ。じゃあ途中の穴は銃を出して撃つための穴だ。それがコンセルヴァトワールの中にあるんだ。

「あのとなりの建物は？」

俺は東の窓から見える屋根を指して聞いた。

「食堂と、上は各種レッスン室があります。この塔は今は誰も中に入ってません」

♬ All along the watchtower Princes... ♬

ディランの歌が口から出る。

「で？」

フィリップが俺を見た。

「最高じゃん」、俺は言った。「ここ展覧会やっていいの？」

「ヤー」

「絵の具つくよ」

俺は石灰の表面が剝落してる壁に手でペタペタやるふりをする。

「マサァト」、フレデリカが俺を睨んで男の人と話し出した。

「フィリップ！」、俺は天井を見て嬉しくなった。「見ろよ、穴ボコだらけだ！」

俺はひとりで下りていって、またもう一度階段を上がっていった。

これ毎日上るのか。七八、七九、八〇！　暗い階段から明るい部屋にトンって入った瞬間俺はこの八角柱の空間からはみ出るくらい大きい三角形の床置きの画が眼に見えた。

何人もアーティスト掛け持ちで大忙しのフィリップとカテドラルの前で別れて、フレデリカと俺は寒い寒い！と言いながらモカボンに駆け込んだ。コーヒーの香りとタバコの煙でもっくもくのカフェだ。

「コーナーに立つお城みたいなウオッチタワー、最高じゃん！」

フレデリカもあの塔はファンタスティックで、俺の画とも合うと言った。まあ当然だけど、八角形の室の床と壁、天井は養生する。そりゃそうだろう。あと、塔の中では火は一切使えない。

「No Flame《ノーフレーム》！　火気厳禁、ストーブもタバコもだめよ」

「そうか……、だろうな」

「階段に絵の具がつくのは？」

「だめ。部屋出る時は靴履き替えて」

「じゃあ制作用の靴ツーペアいるってことか」

「どうして？」

「じゃないとどこへ行くにも痕をつけていくことになる。俺はあの部屋の中で画を描くんじゃねえから。俺は画の前に立ってから描きはじめるんじゃない。画が見えない助走みたいな距離が必要なんだ。だからあの塔はうってつけなんだ」

距離ってなに？

一週間後俺は二×一〇メートルのロールキャンバスを担いで階段を上っていた。ルーカスの絵の具を段ボールで運んで、木を運ぶ。階段上って描いて、下りる。また上って描いて、下りて、上る。画が見えて、画が消える。見える、消える、見える、消えるの繰り返しだ。描きながらとにかく塔の上と下を行き来した。もちろん下の地面が地獄で上が天国のはずがない。

八〇段の階段を上ってる間、俺の眼はどこを、なにを見てるんだろう。

画と自分の間にある長い、いや別段そんなに長くもねえか、たかだか何十メートルの距離がすごく短く感じる日もあれば画がそこに在《あ》るのに見えない、上ってるのか下りてるのかわかんなくなる時がある。宇宙に放り出されたように！

俺はどこにいるんだ⁉　このスパイラルの時空間はどこにつながってるんだ？って。先に在《あ》るものを見ようとするから離れてくんじゃねえか？　先を見るから遅れるんじゃねえか？　〝眼に見えるものを見ることがどれほど難しいことか！〟　だってその先に在《あ》ると思ってるソレは俺が知ってるモノを想定してるから。画は俺よりも先に行ってるかもしれないのに！　画も光もいつも変わっていくのに！

なんか雨の匂いがしねえ？　石の匂いか……。

モノとモノは近きゃいいってもんじゃないんだよね。離れなきゃ見えねえ時もあるし、近すぎて見えなくなる時もあるし、近づいて、本当に鼻がつくくらい近づかねえと見えないものもある。

俺はこの伸び縮みする〝距離〟の間にあるものはまだなにもわかっちゃいない！　そんな距離の中を行き来しながら、〝ただ眼の前に在《あ》る画を見て〟俺は制作した。

床はグリーンのカーペットを敷いて養生していた。スーパーソルディで買った安いやつだ。壁の一部にもカーペットを貼った。あとはビニールシートだ。

狭い八角形だから（長辺二メートル半もない）二メートルの木二本でつくる三角形を立

ていったが、なんか今ひとつ小さい、だめだ！　三角形の画はこの部屋からはみ出るくらい大きくなきゃだめだ。俺はこの部屋に画を置くんじゃない！　この塔に画を入れるんだろ？　それで三メートルの角材を運ぼうとしたんだけど、長くて階段を回れなかった。

「塔の天辺から（クレーンで）入れよう」

と俺はフィリップに言った。


一方、連日レストランやバーのテーブルはゲントに来てるアーティストたちで溢れていた。スコビドウで名物のムール貝を食ったりカフェに集まってはみんな普通に金の話をして飲み食いしてる。

いろんなアーティストたちが俺のスタジオに来た。マウリッツオは俺の画を見回し「ここはアナザー・プラネットだ」と呟いて床置きの《Unnamed #9》を見ながら値段を聞いた。俺が「さあ……一万五千ドル」って答えると、「ナッシングだ。キミはイディオット、馬鹿か？」と言う。

彼はフィリップを抱っこちゃんみたいに型取りして、FRPのフィリップを

S.M.A.K. の前の大きい樹の幹に猿みたく括りつけていた。「いくらすんの?」「三〇万ドル」だと。

いろんなアーティストがいる。

俺はシスレー・ジャファというジョーカーマンと友だちになった。やつはほんとにそんな風だった。戦争中のコソボ出身で、薬莢の匂いをぷんぷんさせてる若いギャングスターみてえなアーティスト。最初っから気が合って二人で中華を食いに行ったりビリヤードをやって遊んだ。

シスレーの作品は最高にいかしてたよ。

ゲントの警察署、殺風景なポリスオフィスをサロンに変えてしまったんだ。グレーの床にはペルシャジュータン、窓に黄色いシルクのカーテン(偽物だけどな)、真っ赤な壁に金縁のでかい鏡、赤い天井にシャンデリア、ソファとテーブルがあって葉巻に灰皿、花と果物とワインを置いて、ビバルディかなんかがゆったりと流れてる。警察官はそこで普通に仕事してるわけ。

タイトルが《Pleasure our flower》だって。

夜、俺は泥棒みたいに門の鍵を開けてこっそり塔に入った。ここでも真っ暗になるまで制作したけど、凍えるようなこの八角形のウオッチタワーの光は喩えようがないほどきれいだった。天井の無数に空いた穴からは雨も入るが晴れた日は星の光が降ってきた。♬キラキラ星よ、あなたはいったい誰でしょう♪画にも絵の具にも、床のカーペットにも。俺はオイルを溜めた手のひらで光を受けとめるために白いキャンバスをさらに引き伸ばす。何億光年か知らねえが、この距離の中にはなにか生きてるものが働いている。命か、俺の意志か、情熱《パッション》か？　それより強いなにか、だ。上も下も、東西南北の窓からはパノラマのように金銀の透過光がインディアンイエローの画に当たり木枠《ビーム》を照らし壁のビニールに反射し天井と床に飛び交っている。

俺は画の向きを少し仰向けに空のほうに向けた。ウオッチタワーだから。だし、コンセルヴァトワールだったから。

画を盾にして〝見張り塔から〟眺める下の路が濡れたように南東へ続いていく。

塔の画ができた時、空間を占領してる〝三角形の床置きの画〟は狭いこの部屋から見たらあきらかに空間から外れてた。画が狭い空間に無理やり放りこまれたように見えるなら、それはむしろ物理的な制約から逃れるためだ。これが〝塔の画の完成の仕方〟だった。狭い八角形《オクタゴン》の部屋には画は窮屈で、画がはみ出してたが、八〇段の階段を上って画に到着する、この高い塔にはドンピシャのサイズだった。

カメラマンのディリクが機材を持って上がってきてカメラを構えようとしたが、「画が写真に入らない！　画が近すぎる」、そう言って階段を下りながらショットした。「画がカメラのフレームからはみ出るのはグッドサインだ！」、俺はディリクに言った。

作品のタイトル『A Son of Painting 2000』のキャプションボードを俺は部屋の中でなく塔の入り口に貼った。

失敗

四月、オープニングの日、ゲントはお祭り騒ぎだ。塔の前にも行列ができてる。階段が狭いから人数制限をしながら入れるようだ。

外から高え白い塔を見上げるとてっぺんの南の窓に三角形の画の黄色い側面が見える。

「ほら見ろよ！」、俺は上機嫌で日本からやって来た周吾たちに言った

「てっぺんに三角形の画が見えるだろう！」

みんなでしばらく並んでから順番が来て入ってったら、なぜか上から階段を下りてくる連中の顔がいちように〝ファック！〟って様子だ。親指を下に向けて「上るだけ無駄だぞ！」、みてえなことを言いながら下りてくるやつもいる。

「なんだ、ワッツ・ロング？」

上がってわかったのは（ナウィンは友だちなのに階段の途中で「もう俺は上れねえ」と座り込んだ）みんなハアハア言いながら八〇段も上るのは、ほとんど俺の画を見たいんじゃなくて、めったに入れない中世の物見の塔の上からゲントの景色を見たくて上ってくるってことだった。

ようやく上って、〝さあ景色見よう！〟と思っても部屋の入り口どころか階段まで出てきてるキャンバスの裾とロールに塞がれて中に入れない。窓の外を眺めようと思ってもデカイ三角形の画（しかも画に見えねえんだろな）が邪魔して見えない。

画を盾にして眺める南東へ続いてく下の路は俺からしたらけっこういい「見張り塔から」の景色なんだけどなあ！

最悪なのは、塔の下から上の画までの〝距離〟は画のプロローグとして全く機能してねえ！って事実だった。

画は塔の一番上にあるのに、階段を上るのは画とは関係ねえのか？　画は部屋に着いてから見るってことか⁉

「なあ、コバこれやるんならひとりずつ入れないとだめだ」、周吾が言う。「カーペット見ろよ、すげえ落書きされててんじゃん」

「Fuck! Bull Shit! Think Before Create!　クソか、デタラメね、つくる前に考えろ！　だってさ」

「おめえらに見せてんじゃねえんだよ！」

「出よう！」


「生贄だな」、フィリップが言う。

「生贄？　誰に？　なんのためだ？」

「美さ」

「美だと？　冗談！」

「マサァト、おまえの床置きの画はホワイトキューブで展示すべきだ。そのほうがずっとハッキリする」

ナウィンの走る作品＝《TAXI《タクシー》》に乗って市街の作品を見て廻りながら、ジョーカーみたいにシスレーが言った。

「ユー・シンク・ソー？　そう思うか？」

「ディフィニトリー・イエス！　間違いねえ」

とにかく失敗は失敗だ！
俺は生きてる人間のことをなにも考えてねえんだろうか。
「ばか正直《ナイーブ》すぎるんだよ。
ナイーブなんてのはこっちじゃ馬鹿って意味だ」

十一　イタリア

六月、俺はミケランジェロ・ピストレットの家の庭の大きいテーブルでピストレットと奥さんのマリアと息子夫婦、小さい子供たちと毎日一緒に昼メシを食っていた。北イタリア、ピエモンテ州、アルプスの麓にある町ビエッラ。トリノとミラノから一〇〇キロくらいの町だ。

アルテポーヴェラの巨匠はこの広い土地に家族と暮らす家とピストレット・ファウンデーション、「CITTADELLARTE《チッタデルアルテ》」をつくっていて、俺はジャチントに呼ばれてこのビエッラに来て一週間になる。

展覧会はこの「CITTADELLARTE」――アートの町の中に「家を造って誰かを招待する」というものだ。

A Casa Di――「～の家に」

「家の概念は様々だよね」、俺はジャチントに言う。

「俺にとっちゃ画《え》が家だよ」

前にマリリーンだっけな、マサァトはなんでホームシックにならないの？って聞かれて俺のホームは東京じゃない、ゲントでもない、画の中だ、と答えたことがある。

「画描くんでいいね」

「チェルト、もちろん。でも、きみは誰かを招待しないといけない」

「客《ゲスト》？」

「マダム・キュリー、キュリー夫人がいいな」

「マザァト、きみには家族はいるのか？」

書斎で本棚を眺めてる俺にミケランジェロがワインを飲みながら聞いた。

「ええ。日本に両親と弟がいます」

自分のだよ。そう言ってミケランジェロが笑う。「嫁さんは？　子供はいるのか？」

「いません」

「なぜ？」

「インポッシブル、不可能だ」

「ホワイ？　金か？　私もマリアと結婚した時は貧乏だった」

俺は好きな人がいるんだと答えた。

ミケランジェロは大きく目を輝かせて「なんだ、すぐ結婚しろ、子供をつくれ、男は家族を持たなきゃだめだ！」、そう言って孫を膝というか腹の上に抱っこする。

俺はちょっと笑いながら、

「ムリだ」と言った。

「ペルケ？　なぜ？」

「眠ってる。シー・イズ・スリーピング」

俺は上のほうに手をひらひらっとやって言った。
一〇年か？……一日《いちんち》だ。
ミケランジェロは孫を下ろして立ち上がると、
オーケー、オーケー、アイ・シー、わかったと言って書斎を歩きながら
「明日ランチにベラ、美しい人を呼ぼう」、そう言って俺にウインクした。

ここに一週間いたら、ヤンが「マサァトはイタリアに行ってはいけない！　イタリアに行ったらゲントに帰ってこないだろう」って言ってた、その意味がわかったよ。

笑っちゃうくらい愉《たの》しすぎるんだよね。なにもかもが可笑しくて輝きすぎてて……、つまり光が眩しすぎるんだ。

庭のテーブルに集っての昼食は三時間も四時間も続く。シシリー島生まれのコック、サルヴァトーレがつくるパスタは最高だ。真っ白い皿にのった真っ赤なトマトにパール色のモッツアレラ……、緑鮮やかなバジル、金色のオリーブ油、こんなシンプルな料理が魔法みてえに美味えのは絶対このイタリアの太陽のせいだ。

俺はワイン飲まねえけど、この色はどう見たって八〇パー太陽がつくってるっしょ。

太陽と水と、歌と、あとなんだろう……、胸と、まあいっか。みんなが飲み食いしながら笑ったり怒ったり泣き真似をしたりわいわいぺちゃくちゃ話してる庭のテーブルの上の皿にさっきから蜜蜂がとまってる。ベラがその皿についたソースを人差し指ですくって蜜蜂に向けると蜜蜂はベラの指を歩いてくる。

ヤバイ！　ここの光は〝画を描く光じゃねえ！〟ってことさ。

ここイタリアの光はさ、圧倒的な太陽の光だ。

見るって感じじゃない。この太陽を浴びてると横にいる人に触ってキスしたくなる！　キスしてハグして、踊って、チンコたって、なんかそれが当たり前だって気がしてくる。チンコだけの話じゃねえんだ。それが子供だろうと、お爺ちゃんだろうと、お婆ちゃんだろうと、みんな愛しい！　生きる喜び！　この光は人生のリアルな〝ドラマの光〟なんだ。

画を描くには直射日光が強すぎるのかもしれない。光が眩しすぎるからカーテンを引いて昼寝をする。画が描けるのは夕方の二時間だよ。

キュリー夫人

俺が〝光〟ってものを初めて意識したのはキュリー夫人の伝記だった。

だから家があるとして、家に一度でいいから呼びたいとしたら……、キュリー夫人、マリー・キュリーかな。

アイドルだったんだ。

小学校五年の頃だ。学校からの帰り道ランドセルが重いからって原っぱに本気で捨てて遊びに行くようなガキだったんだけど。

これもひでえ話で、小学校の担任の先生が俺らに毎日日記を書かせてたんだ。毎日先生に見せんだよ。俺はその頃あしたのジョー命で、毎日ジャブの打ち方——左脇を締めて抉りこむようにして、打つべし！　打つべし！　打つべし！ってやってる時だ。当然日記にも毎日ジョーのことしか書かねえ。クロスカウンターの打ち方とかね。

したら、先生が「小林、あしたのジョー以外のことも書きなさい。図書室に偉い人たちの伝記があるから読んでみたら」って。

図書室なんて入ったことなかったけど、本棚に並んでる背表紙を見てたらエジソンとかシュバイツァーとかライト兄弟、リンカーン、野口英世、ベートーベン、に混じって『キュリー夫人』が眼にとまった。

おっ、キュウリ☆って感じだよ。

で、キュウリ夫人の本を借りて家に帰って読んだんだ。


ここからはガキのその時の解釈だぜ。

……ある一個の石が光の全く差さない戸棚の中で鍵を勝手に紙に転写したんだ。つまり太陽の光じゃない、その石にエネルギーがあるってことだ。真っ暗な密室で石と紙の間にたまたまあった鍵のかたちを焼き写すだけの力をもつ、なにかわからないけど、眼に見えないこれまで誰も知らなかったすごい力をもつなにかがある。

放射能だ！

ピッチブレンドという石がすごい放射線を出すことがわかった。この線がどこから出てるのか？　答えはひとつ、ピッチブレンドの中にソレはある！

マリーはそれまでに発見されている元素を全部調べた。酸素、水素、炭素、塩素、金、銀、銅、鉄……、
ピッチブレンドがどういう元素でできてるかはわかってた。だからわかってる元素を一つひとつ取りのぞいていけば、あとに残るのが新しい元素だ。

そのはずだった。

一＋一＋一＝三・〇一。〇・〇一がソレだ。ソレはある。重さが数値にでてるんだ。

だから
三・〇一－一－一－一＝〇・〇一。残る〇・〇一がその元素のはずだった。

けど、ソレはすぐには姿を現さなかった。

三・〇一－一－一－一＝〇だったんだ！


「私たちが相手にするものは全てどこかにあるものです。どこかにあるんだけど、見えないものがあります（たぶんそれらはみな私たちのためだけに用意されたわけではありませんから）。

ラジウムは〇・〇一の中にありました。取り出そうとするとなくなりました。

本当はあったのです。私には見えなかった！　ある結晶を期待してる眼に結晶以外のすがたは見えません。

『ラジウムはどこ？』

『どうしてないの？』

私は夫のピエールと〝また失敗だ！〟と、絶望して何度も何度もラジウムがあるはずだった空《から》の容器を洗いました。本当はそこにあったのに。

ずっとそこにあったのに！

考えてみればラジウムが私たちの予想と違うのはあたりまえです。ラジウムをつくったのは私たちではないのですから。

それを忘れて私のラジウムをやっきになって探してる間、放射性元素＝ラジウムは私たちが帰ったあとの夜の実験室でそのあるがまま光り続けていたのです。

マリー・キュウリ」

（これは伝記を読んで興奮した俺が、ラジウム発見でノーベル賞をとったキュリー夫人の受賞のスピーチを彼女になりきって日記に書いたもの）

俺はそれから毎晩夜空で眼を洗うようになった。
キュリー夫人みてえにきれいな人でさえ見えないいなにかがある。先入観は怖い！
俺なんか百ぺんくらい眼洗っとかないといけねえと思ってさ。
もちろん芸術なんかこれっぽっちも頭にねえ頃だ。
毎晩三〇分くらい空に向かって眼を開けてるだけだけどね。
眼は閉じない。きっと開けてるほうが夜空の中で眼が洗えると思っただけだけど
……。
それがたぶん俺が自分で自分に初めて課した訓練かな。
明日のためにその一、夜空で眼を洗う。

十二　藁の上の絵画

六月の終わり、俺は成田行きエールフランスの機内で宮城の展示プランの最終シミュレーションをしていた。一一時間あるからな。

和田っちと決めたのは卒業制作の「天使」、「空」、「空戦」、「絵画の子」、「林檎の画」を含むゲント以前の作品とゲント作品。ゲントで床置きの画を三点選んですでに輸送していた。

ゲントの三点っていうのは、「赤い扉」展の横長の「赤い星月夜」（《Unnamed #2》）、縦型の赤の《Unnamed #7》、そしてワトゥ前後に完成した横長の菱形の《Unnamed #9》、これは画が相当枠から外れてて見かけはちょっとすさまじい、ゲントへ行ってからの床置きの絵画の特徴が一番出てる作品だ。

どれも二メートルから三メートルの作品で、馬鹿デカくはない（あっちじゃ五、六メートルの作品なんてざらだ）。

それでも、俺の作品は思ってる以上に空間を取るだろうと思っている。

S.M.A.K.のオープニング展の時にわかったことだ。横七メートルの俺の画を北ウイングの一画に置いた時、幅二〇メートル四方のその広いギャラリー空間にはもうなにもいらないことがわかった。〝パァー〟って空間できちゃったもんなあ！　でも、まああれはグループショーで、まして開館記念展だ。すぐあとから向かいにも横にも当然作品がきた……、フランキーのオレンジ……、あれはあれで賑やかで楽しくなったけど……、最初の〝パァー！〟って広がるあの感じは消えた……。

光が〝パァー！〟って広がる

あの感じだよ…。

俺はメシ食ったあとでなんとなくざわざわしてる飛行機の座席で普段の宮城県美術

館の会場を頭の中に浮かべた。

重厚な階段を上って二階に行って会場に入ると、暗く照明落とした空間に作家紹介のパネルがあって、正面に一枚画が掛かってる。足下が柔らけーなと思ったらジュータンが敷いてある。そしてテーマごとに細かい部屋が続く。順路に沿って歩きながら画の前に立って見て、隣りに移る……、画の前には結界のロープ、つまり、空間を可動壁《パーテーション》で分けて通路をつくって画を見ていく。画の展覧会は大体そうだ。あれだと画を一〇〇点やそこら掛けられるよなあ……。

俺のはそうやって見せる画じゃないことはあきらかだった。

可動壁はなしだ。空間を広く大きく使うしかねえ。

俺は和田っちがくれた美術館の図面をポケットから出して座席のライトを点けた。料理は美味いし、飛行機は好きだけど、タバコ吸えねえのがきつい。一一時間って長えよなあ。乗る前どんだけ吸いまくったか！って感じだけど……まだ半分も来てない。

俺はしばらく図面を見てからライトを消して今度は可動壁がなくなった頭の中の展覧会場に画を置いていった。

展示する作品はもう決まってるからそれを並べていく。ツーパターン、スリーパターンいろいろシャッフルしながら試してみるが、う～ん……なにかがうまくねえな……なんだろう？

入ったとこが一番広い大空間なんだからのっけから床置きのゲント作品見せるか？　でもそうしたら「空」や「天窓」はどこにする？　床置きの画と空の画が一緒の部屋にあったって全然構わないけど……、

階段上がってすぐ入り口？

俺は笑った。〝決まり！〟もう寝よう。

「入り口と出口を逆にする？」

成田に着いたのは昼前だった。仙台の美術館に四時頃着いて階段を上がり会場の入り口出口を現実に見て、ヨシ！いける！と俺は和田っちに考えを話した。

「そう！　そうすれば全て上手くいくんだよ。こっちの最後の大空間にゲント作品をパーンと並べるんだ！

それに、階段上がってすぐ入るより、この廊下少し歩いてから入るほうが画との流れはいいよ。階段の上からの景色もいい」

俺は和田っちと並んで歩きながら話を続ける。

「な、ここが入り口だ。こう入って、最初はやっぱ『天使』がいいんじゃねえかな、この壁に『空』だ。この壁は空が一点！　ここには『絵画の子』の三点がパッパッパッとあって、こう回ってくる。ほら、正面に〝パー〟っと黄色い画室、絵画の子だ。周りに空戦の連作三つ、青い『画室』がパッパッパッ。白い『画室＝キャンバス』、これはほとんど白いキャンバスだ。向こうへ行く前にひとつ自然光のきれいな部屋がある、ここにはなにがいいかな？　で、大空間に入る。こっちの壁に『画く力』、あっちの壁に『三つの林檎』、向こうにサンパウロの『アーティスツ・ライフ』だ。パン！パン！　和田さん、この大空間の床のクロスを全部剝がそう！　美術館の古い床を剝がしてここに！床置きの画を置こうぜ！」

俺は床のジュータンを靴で足踏みしながら言った。

「床剝がしか……」、四年前に一度やったことがあると和田っちが言った。

「小さい部屋だったけど、みんな猛反対だった。でも強行したよ。やろう。できると思う」

ホワイトキューブに光あれ！

和田っちが麦わらをゲットした話

「藁は用意できる？」

小林が「藁はないか？」と急に言い出した。

……ゲントに行った時、ワトゥという村の馬小屋で藁を敷いて制作、展示したことは知っていたが、自分の美術館でそれをやるとは思ってもみなかった。

小林は「麦だ、稲はダメだ。麦の藁の黄色がいいんだ」と夢中で言う。初夏も過ぎて、すでに麦の収穫は終わっていた。僕はなんとか小林の希望を叶えたいと、同僚の後藤文子と手分けして片っ端から農家に電話したが、麦わらなんかどこにも残っていない。

展覧会も迫り、策が尽きたかと思われた頃だった。東京での打ち合わせを終えて仙台に帰る新幹線の車窓からまだ収穫をしていない黄色い麦畑が眼に入った。

「床は大事なんだよ」。俺の画が床置きだからじゃない。床置きであろうと壁掛けであろうと画には壁と同じくらい床が大事だってことを画描きはみんな知ってるぜ。自分が立ってる場所がわからずに画が描けるわけねえじゃねえか。ジュータンの上を歩いて画を見てると、雲のジュータンじゃないけど、画を首の上からだけで見てる感じがしてスースー頼りない。

やがてジュータンを剝がして出てきたコンクリートの面はこの空間をリアルに変えた。このリアルは納屋や塔のリアルとは違う。歴史もなく生活も意味も文化もない、まだ何者でもない……リアルさだ。人生とも山羊とも命とも関係ない、確かなのは立っているこの床と壁と空間だけだ！

ホワイトキューブってのはアーティストが神だな。

ホワイトキューブに光はない。会場の電気を全部消してこの空間を真っ暗にしようがルクスを上げていって明るくしようがこの空間に光源はない。だからキャンバスは光らない、画が光になるんだ。〝光あれ！〟

俺と和田っちはその一角に藁を敷いた。けっこうたくさん敷いたな。グレーの床に黄金色の藁、白い壁だ。そして藁の上に画を置いた。

《Unnamed #9》だ。

この画はワトゥの馬小屋にいた時、頭にあった。あのあとゲントのスタジオで光を入れて完成した画だった。

「やっぱり、作品の位置かな。この空間の中で、この絵画があるべき位置。日通さんに、実作品を壁にあててもらって、どうだ？　あと一センチ上じゃないか？」とか、「やっぱり五ミリ右だろ」「な？」「うん、確かに」っていう感じで部屋全体の空間を常に感じながら二人で進めていった。展示室のここまで来るまでの空間や、背後にくる作品の色も含めて。

「ほんの少し動かすだけで本当に画が輝くのを経験したよ」

和田っちが言った。

七月十五日、ヤンが遥々ゲントから仙台に来てくれた。オープニングのディスカッションを長谷川祐子さんを交えて開く。ヤンの通訳に木幡和枝さんがついてくれた。当日の午後二時すぎ、会場の講堂へ行く廊下を歩きながらヤンが木幡さんに腕を捻って回転するジェスチャーをしながらなにかしきりに話しこんでる。木幡さんが「ローテートですか?」って言うと、「そうだよ！　ローテートだ！」とヤン。

ふうん……、なんの話だろ?と思ってたら、

一番初期の、卒業制作の《天使＝絵画》の話だった。

「最初に展示している人体、木炭による線描の絵画がありますね。あれなどを見ても、腕というか、手が本当に空間の上へ行く方向性と下へ行く方向性と非常にはっきりと、今、言ったローテートする、回転する、うねるといった動きがある。動きについての画ではなくて、動きそのものの画であるということを言いたいわけなんですけれども……。描かれている人物の腕を見なさい、この木枠から出たがって動いている、このあとの小林の作品の展開がここにすでに現れています」

四角に収まらない俺の画の葛藤とキャンバスを張りながら描いていくことになる動機がこの最初期の作品にすでにあるとヤンは指摘した。

制作中、眼はどこを見てるのか？っていう話になった。

長谷川さんが言う。

「私が想像するに、なにか真っ白な空間のようなものが、キャンバスの下地のかわりのモデルとなって小林さんの頭の中に絶えずぽこっとあって、いつもそれをなにか満たすようなかたちで埋めていく。つまり、小林さんの抱かれるヴィジョンそのものと実際の行為というものが、実際に白い画面を埋めていく行為そのものではないんだけれども、極めて近似で行われているのではないかという印象があって、実際にどういう風に全体を見ながら画面をつくっていらっしゃるのか、興味を持ったんです」

それに対して俺は難しいなあと言いながら、制作してる瞬間の自分を追いかけてなんとか話そうとする。

「やってる時に、少なくとも手でやってるこの位置を見てないことはわかる。それで、次にやる場所を見てるとも限らない。

やっぱりそれは手でできるものなんだよ……。

それで、俺としては、キャンバスとフレームと絵の具を使って、それらがうまく作動していってるかどうか、それを気にすることなく制作に集中してるわけだよ。それがどういうことなのかというと……」

「では、なにを一番意識しながら、やっていらっしゃるんでしょうか」

そりゃあそう聞くだろうな。

「たぶん自分になにかスタイルというものがあるとしたら、それは制作する時になにかを味方にする方法を知ってるんだよ。考えないでただやりさえすれば、なにか必然性があって……」、

「だから、眼はどこも見ていないんじゃないかな」などと答えてる。

するとヤンが、

「今、いくつかの要素のコーディネーションが上手くいってるかどうかは気にしないでいるのがいい状態だ、ということを言ってましたけれど、まさしくそうで、しかもそのコーディネーションというのは、小林さん自身の体や、してることとの可能性と、それからどうしようもない限界とが自然に決めてしまうものだから、その中に入り込んでる瞬間というのは、たぶん意識しなくてコーディネーションというか、調整がなされている」

「俺のやり方っていうのは、例えばジャンボジェットとかそういうものをマニュア

ルで運転してるような感じになるからね。先端から羽根の先から尾っぽから全部把握してないと。全感覚的にさ。ようするに手の先からなにから届かないところまで。だから手でやるっていうのはそういうことだよ。筆じゃ届かないんだ」

オープニング前にライターの住吉智恵と編集者の鈴木芳雄さんが『ブルータス』の取材に来た。二人に会ったのはこの時が初めてだけど、すぐ仲良くなって、住吉のボーイフレンドの話になった。ボーイフレンドのことをスーパートモダチだって言ってた。村上隆や松井みどりの名前がしきりに出る。

スーパーフラットの時代が始まっていた。

「マサァト、おめでとう。次はS.M.A.K.で個展だ！」

仙台のオープニング、ギャラリーツアーを終えて、東京のオペラシティでレクチャーをやったあと、送ってってったホテルのバーでちょっと一杯やりながらヤンが言った。

「次はS.M.A.K.だ。私がキュレーションする！」

「ヤー！　いつ？」

「来年だ」「早いほうがいい。たぶん三月、四月、五月……、ゲントに戻ったらすぐに準備を始めるのだ」

十三　S.M.A.K. の個展「A Son of Painting」　二〇〇一年

この年がどういう年になるか？　俺はまだ知らない。

日本からゲントのスタジオに帰ってくると、画ってやつはほんとにそれがある場所と光で全然違うものだって実感する。

宮城では日本の美術館っていう、いわば額絵とか掛け軸とか、ようは他所行きの服を着て飾ってある美術品を観に行く場所に作品を展示した。

美術館っていう場所は人の生き死にとは関係ない。まあどちらかって言うと死んでるほうに近いか。「ホワイトキューブ」っていう概念はこの美術館の概念を究極に進めた、ただの白い箱だ。作品《アート》と向き合うために時間は止まってる。この中で人ができることは作品《アート》を見る《アートする》だけだ。空間と作品だけ……、作品と思ってんのはソコが美術館だからだ。

それはクラシックコンサートホールで一台のピアノの前に座って延々ピアノを開けて弾かない、ジョン・ケージの《四分三十三秒》、それを難しい顔で聴いている観客を連想させる。世界から音が消える、音のない世界、「無音」という美しく怖ろしい概念とは決定的に違うシーンとした空気、あるいは現代音楽にすれてる客は演奏中なのに平気でわざと隣としゃべったり、咳をしたり……、〝あー、胸糞わりぃ！〟結局概念は美しいけど、現実の景色はなぜか滑稽なことばかりだ。

俺は床のクロスを剝がしてまず空間をホワイトキューブに近づけて、そこに藁を敷き、絵画を置いた。それがどういうことなのか!?

いくつも新聞記事が送られてきた。みんな藁の上の画に触れている。ほとんど好意的だ。

でも俺はわからない。

作品は俺より進んでいく。思想なんてのもあてにならねえ。

俺は帰ってきてからフィリップとレイエ川岸に座ってよく話した。

「画を描くためには見ないといけない。よく見ないといけないんだよ。どー言ったらいいかなあ、もちろん理性もいるけど、見る喜び、〝眼の喜び〟ってやつ。見るには光が必要で、光は国や地方で全然違う。太陽の光が空気の中を拡散して広がる時の空と地形と水のバランスが大きい。ここ、フランドル地方の光、ゲントの光っていうのは画がはっきりと見える光なんだ。太陽の光は強い。湿度は高くないのに雨が多い。石畳の道とレイエ川とスヘルデ川に雨がザーッと降ってあがったあとの水気を含んだ空気に太陽が差した時ほど街がきれいに見える光はないんじゃないか！　〝まるで魔法さ〟。そして画が描きたくなる！　平たんな土地にたっぷり水をたたえた運河が流れてる、平らな水面が多いってこともあるだろう」

「水面見てると画描きたくなるのか？」

「ああ。映ってるあのギザギザ屋根を描きたくなるし、石も投げたくなる」、俺は笑って言った。

「泳ぎたくもなる」、フィリップが目をくりくりさせて言う。

「そう！」

ああ、生きて画を描くってなんだろう!?

S.M.A.K.の個展は三月、北ウイング全域を使ってやることになった。広い吹き抜けの長いコリドールと、部屋は一、二、三、四、五、六室だ。一、二、三室はホワイトキューブ。四、五、六室は外の庭に突き出したキューブでそれぞれ外の景色が見える窓がある。第六室は一番広い部屋で北側が全部大きい窓だ。太陽の光が溢れる。ホワイトキューブと外とのハイブリッドな空間だった。

「この室《ギャラリー》ってS.M.A.K.らしいよね」

俺はコーディネーターのヒルと部屋を回りながら話していた。

S.M.A.K.って「Stedelijk《ステデリック》 Museum《ミュージアム》 Voor《フォー》 Actuele《アクチュアル》 Kunst《クンスト》」の略だろ。つまり直訳すると現代美術館だけど、アクチュアル——今生きてるって意味があるんだろ。現実のアート、今実際にあるアート、今生きてるアート、現代に生きてるアートのミュージアム、それが現代美術館だ！ってことだ」

俺はギャラリーの大きい四角い窓から外を見ながら言った。

「ヤンがS.M.A.K.の開館の時ボクシングやったんだってそれが言いたかったんだろ。

美術館のオープニングで館長がボクシングの試合だぜ！　それもリアルな！」

「ヤンはあのリングは知（＝Inteligence）、情（＝Emotion）、意（＝Volition）の戦場《バトルフィールド》だったって言ってる」、ヒルが言った。

「わかる！　俺からしたらあのリングはほとんど絵画だよ。四角い中にいろんな色《カラー》が生きてた……」

「マサァト、展覧会のタイトルだけど、なにか頭にあるかい？」、ヒルが聞いた。

「いや、まだなにも……。宮城では『小林正人展』だった」、俺は答えた。

「うん……。みんなとも相談したんだが、『絵画の子』がいいと思う。『Masato Kobayashi - A Son of Painting』。フィリップが絶対それだって」

マリリーンが俺を探してたらしくて北ウイングのギャラリーに入ってきた。マリリーンは今回の個展のカタログデザイナーだ。

ヒルと話しながら、ああ、タイトルねと、ニコッとしながら「『絵画の子』ってビューティフルなタイトルだわ。サン・オブ・ペインティング、チャイルド・オブ・ペインティング……、あなたの画を見るとどう言ったらいいか……、それがすごくよくわかるの」

写真家のディリクがスタジオに写真を撮りに来た。ディリクは俺のゲントに来てからの作品をずっと撮り続けてくれてるけど、しばらくぶりに見たスタジオと作品に興奮してる様子だ。

俺も自分じゃ気づかなかったけど、ディリクの三脚とカメラを覗かせてもらうと、なるほどな、床も壁も画もなんかすげえことになってるのがよくわかるよ。

ワトゥの馬小屋からくっつけて戻ってきたのかなぜか藁までちょっと落っこちてる。そうか……、切りとったほうがハッキリするってこともある。てか、「三脚」と「カメラ」がスタジオの中にあるだけで、べつにカメラを覗かなくてもいつもより世界がすこし客観的に見えるのが不思議だ。

「マサァト！　展覧会このスタジオでやったほうがいいんじゃないか！」、写真を撮りながらディリクがちょっと興奮ぎみに言う。

「そりゃあ誰だってそうさ。俺に限らない。巨匠たちの作品だってたぶんその人のアトリエで見るのが一番だ。ジャコメッティ、ロダン、ベーコン、ルノワール……」

ただし、物語がつきすぎる。物語の光なのか画の光なのか？

二度と同じにならない！


北ウイングに入ったところから第一室まで続く、天井が吹き抜けの二五メートルのコリドールになにを置くか？って話になった。

天井すげえ高いからね、ワトゥの画、塔の作品、最近修道院のやっぱ馬小屋でつくった作品とか、案が出るんだけど……。どの作品だって置きゃあたぶんバッチリなんだよ。どんなに天井高くたって、画をパーンと存在させる自信ある。ただささ、てか、みんなワトゥの画って簡単に言うけど、またアレをこの美術館でいったい誰が組み立てるんだ!?　俺は嫌だよ。今はまだ嫌だ！　あの地獄はもう勘弁だ、っつうか「どうせ地獄なら先に進むほうがいい！」、ヤンにそう言ってって新作をつくることにした。

また七メートルだ。S.M.A.K. の材木置き場にある一番長くて強いビーム三本とクレサンの三×一〇メートルのキャンバス、ルーカスの三五〇ミリリットルカドミウムレッド・ミディアム、ディープを調達して制作を始めた。

ああ、スタジオじゃなくて美術館のコリドールで。突貫工事だな。一週間しかない。入れ替え期間中昼も、美術館が閉まってから夜も制作した。ほとんどコリドール全域、床も壁もビニールシートで覆って養生した。これは美術館がそうしろと言ったわけじゃない、俺がそうしたかったからだ。この空間を絵の具だらけのアトリエみたいにしたくなかった。ここには、画だけでいい、そう思っていた。

この時の俺の作品は画を描くというよりは光をつくるというほうが合っている。

身体中真っ赤になりながら、最後にルーカスの「ライトくん」の塊を手に乗っけて光が画の外に放出したのを感じて俺は美術館のシャワーを浴びた。シャツに着替えてレセプションにいたウェルナーに「できた」と言ってボケッと人っけのないカフェでタバコを吸っていた。

北ウイングのほうからヤンが急ぎ足で歩いてくる靴音がして、「マサァト!」と呼ぶ声が雷みたいに響いた。

「マサァト、あれはなんだ!?」

えくぼが左右両方に出て顔がめちゃくちゃ喜んでるのがわかった。

「BOMBだ!　あれは爆弾《ボム》だ!」

「おまえはなにをつくったかわかってるか?　爆弾《ボム》だ!」


翌日みんながコリドールに集まった。

画の周りの養生シートをこのままにするかどうかで意見が割れた。石のタイル張りの床に敷いた透明なビニールシートはその上で制作してたから画の周り相当な広範囲まで敷いてあった。ルーカスの真っ赤なデカい絵の具のチューブがゴロゴロ転がって、ボロや手袋が散乱している。ペタペタ絵の具がついた足跡だらけだ。その中に高さ八メートルの画が立っている。白い壁にも透明シートが貼ってあり、そこにも赤い色が飛び散っている。

俺にしたらいつもの光景だ。「特に見せるもんじゃねえだろ」って俺は思う。

ここには「事件《インシデント》」(「事故《アクシデント》」「偶然《コインシデンス》」だったかも)が溢れてる、とハンスが言う。

「ソー・ワット?　それがどーした!」、俺は言った。

結局ヤンの一言、

「イナアフ、この作品はボムだ。ボムはボムだけで充分」、これで決定だった。養生シートは全部剥がすことになった。

シートを剝がして画だけになってみるとカーン！と空間が見違えたのは一目瞭然だった。みんなハアーっていう顔になった。さっきまでの、画がシートの上にあった時のそれは爆弾《ボム》が落ちた状態（の演出？）で、今は爆弾《ボム》そのものだった。


照明はハイブリッドでいこう。

八メートルのボムにはコリドールの斜め上から三灯のスポット照明を当てる。画の向かいの第一室の照明はコリドールからの反射光だけでいい。

照明と作品の展示とを同時に進めたい俺は助っ人にクリス・マーティンを呼んだ。ゲントで今一番好きな若いアーティストだ。

第一室、ボムから一五メートル先に向き合うように最初の床置きの画、九六年の「赤い星月夜」を置いた。反射光が当たるその右の壁にほぼ同じ大きさの暗い色の「アンネームド」。グラグラのフレームは裏に隠れてるがジャッキで少し持ち上げてある。

俺が照明を動かしてクリスと正確な光を探りながら空間と共に画の位置、向き、角度をつくっていく。宮城で和田っちとやったように。ただここS.M.A.K.では画に当たる光源と反射光を画とより密に対話しながら進める。

左に入った第二室はホワイトキューブだ。ここには九七、九八年にスタジオでつくった黄色のコーナーピースを二つの角《コーナー》に置いた。強い照明を分散させる。
三、四、五室は北ウイングの庭に面した窓のあるキューブだ。時間、天候によって光が変わる。薄暗くなったり、サーッと明るくなったり、画がなくても光はある。でもどの部屋も画を置いたとたん空間が新しい光に生まれ変わる。影でさえ。画とつくり出すその新しい光も絶えず変化する。
〝画のある空間〟、それはあらゆる光と画がつくる幸福ななにかだ。一センチ動かしただけで魔法が生まれ魔法が消える、口で言ってもしょうがない。

一番大きい窓がある六室は何度も何度もやり直した。《Unnamed #16》。像と画布と一〇本以上使ってる木枠《ビーム》の光と影が最も複雑な作品だ。クリスは荒縄で材木を括りながら、「ネヴァー・ビー・ザ・セイム・アゲイン、二度と同じにはならない……」と何度も呟いた。

オープニングデイ

オープニングの日俺はすごく幸せだった。ゲントに来ることになってたお袋が足を怪我して来れなくなったこと以外は。

レセプションのあと、食事会が開かれた。美術館の二階の、リュック・タイマンスとラウル・デ・カイザーの画が壁にズラーっと掛かってる部屋だ。細長いテーブルが一列にバーっとあって真っ白いテーブルクロスが眼に眩しい。

俺の向かいにヤン、隣にジニ・グリンバーグ、周吾、マリリーン、俺の左隣にカトリーヌ（クリスのガールフレンド）とクリス、右隣にシスレー、アイーダ、フィリップ、ホー・ハンルー、バルト、ヒル、アン、フレデリカ、写真をパチパチ撮ってる杉田さん……、そこにみんな座って飲み食いしてんだけど、タイマンスやデ・カイザーの画がすげえ近いんだよ。危ねえんだけど……、いいのか⁉︎

ヤンがコリドールの画、ボムをS.M.A.K.で買うって周吾に話してる。あといろいろ来てお祝い言ってくれたけど、俺はこの日は舞い上がってて、なんも覚えてないんだ。嬉しいって言えば、ツァイがカタログにスペシャルな文章送ってくれたことかな。もちろんヤンとフィリップのテキストも嬉しかったけど、ツァイのは「Dear Kobayashi」っていう手紙でさ、ニューヨークからヴァレンタイン・デイに書いてくれたんだよ。

……引っ越しの準備をしてる時、国立のアトリエに戻ってきたスーツケース、あれちょうどあの時アトリエに来たツァイにあげようとしたんだった。そのことが書いてある。

ジニーが赤いカタログのそのページ読んで、「これ本当の話？」と聞いた。俺は「ヤー、全部本当だ」と答えた。

……"As a young boy, you seduced a female teacher and she became your lover for many years. But perhaps it are the love letters she wrote on postcards bought in museums all around the world during her travels that seduced you into

becoming a lover and maker of art. If she had lived to see your exhibitions in these museums, she would have been so pleased.
Once I was visiting you in your studio in Japan and you insisted on giving me a suitcase. I knew it was a priceless possession that this woman had left for you. In the old days artists travelled with their painting gear. Today artists take along their laptop computers. However, your suitcase not only holds nostalgia for times passed - it is also mode of communication for you and a loved one.
I knew you offered me this present caught in an emotional rush. You are indeed a true artist. And we are indeed true friends. But how could I take your suitcase?

Cai

New York, Valentine s Day

……きみの個人的な事柄についても触れないわけにはいきません。少年だったきみはある女性教師を魅了し、彼女は長年の恋人となりました。しかしきみを芸術の恋人かつ創作者へなるように魅了したのは、彼女が旅をしながら世界中の美術館で買い求めた絵葉書に、記したきみへの数々の愛の言葉だったのではないでしょうか。もし彼女が生きており、美術館で行われるきみの展覧会を眼にすることができたならとても喜んだことでしょう。

かつて日本で私がきみのスタジオを訪れた際に、きみは私にあるスーツケースを与えようとしました。私はそのスーツケースがきみを残して去ってしまったその女性の持ち物だと知っていました。古き時代、アーティストは絵の道具と共に旅をしたものです。今日ではノートパソコンを持っていくのでしょう。しかしきみのスーツケースときたら、過ぎ去りし日の郷愁を抱えるだけでなく、きみと愛する者とのコミュニケーションの様式そのものでもあるというわけです。

きみが強い感情に突き動かされ、私にこのプレゼントを提案してくれたことはわかっていました。きみは真のアーティストであり、私たちは真の友人です。しかしきみのスーツケースを持ち去ることなど、いったいどうしてできただろう？

蔡國強

ヴァレンタイン・デイのニューヨークにて

狂ったパーティー

ヤンの展覧会のやり方、アート作品の扱い方は独特だ。どんなに高価な画でも平気で触れそうなところに掛ける。観客との距離の近さ――食事会だって画は相当近かったけどな。カールステン・フラーのイルカなんて、俺は最初子供が忘れて帰った玩具《浮き輪》が美術館の床に転がってんのかと思ったよ。

一番ヤバイのは月に一度の金曜オールナイト・テクノパーティーだった。

展覧会中の金曜の夜、十一時過ぎにクリスから電話がかかってきた。「マサァト、すぐS.M.A.K. に来たほうがいい」と。

自転車飛ばして着くと外からわかるくらい美術館がチカチカ明滅してる。エントランス入ると爆音のビートと踊りまくる若い男女で溢れてる。すぐ北ウイングに入ったらコリドールは踊りまくる連中と、グニャっと座る柔らけえビーズが入ってるみてえな、大きいファブリックの固まりがいくつか転がってて、そこに男や女が寝そべってる。ボムの位置が変わってる。ロールが少し畳まれてて、「Jupiler《ジュピラー》」の瓶を片手にボムの前で体を揺らして踊ってる女がいる。どの部屋もそうだ。俺を見つけてクリスが寄ってきて言った。「作品の位置動いてるだろう?」。

「ああ。全然変わってる。ふざけやがって!」

「ジュニアは?」、俺はクリスにジュニアを呼んでくれと言った。パーティーを仕切ってるのはヤンの息子のヤン・フート・ジュニアだった。

ジュニアはすぐやってきた。「マサァト、ごめん、作品の安全を考えて少し動かした。責任持って明日元に戻すよ。安心してくれ」。

「元に戻す!? おまえが!? できるのか? ふざけんな! やっちまったことはもういい。このままにしといてくれ。いいな。俺の画に触るな! ドント・タッチ・エニ・モア! いいな、触ったら殺すぞ」

俺はクリスに明日来るからそれまでそのままにしてくれ。明日俺が直すから。そう言って出ていった。

翌朝、パーティーが終わったあとの白々しい空気の中で、俺の作品は生気がなく、せっかくクリスとつくった空間はバラバラでみる影もなく変わっていた。ひどいもんだ。俺にはそう見えた。

画の位置を治してると、ヤンが来た。

「アングリー？　怒ってるか？」、（もう話を聞いてるんだろう）俺に静かにそう聞いた。

もちろん怒ってる、アングリーなんてもんじゃねえ！　「火のように怒ってる《アイム・ヒュリオス》」、俺は静かにそう言って、「見ればわかるでしょう？　空間が全て変わってしまった」

「ヤー、だが、きみの作品はスティル・ビューティフルだ」

なに言ってんだこの〝気狂い！〟と思った。

ビューティフルだと？　「ビューティフルだった！」、俺は声を荒げて言った。

「それが壊れた」

「壊れた《ディストロイ》？」

「ヤー、壊れた。空間は消えた《スペース・イズ・ゴーン》、光はない《ライト・ハズ・ゴーン》。せっかくつくった空間が全て消えてしまった！」

「なにも壊れていないじゃないか！　なにも失われていない！　ペインティングも

スペースも光もここにある」。

「エンジョイ」、ヤンが言った。「楽しめ、マサァト、もっと楽しめ」。

俺は返事しなかった。

俺は楽しんで制作して楽しんで展示して完成させた。それを壊された。これを、この、い、い、い、い、い、い、状態を楽しめと言うのか！

十四　先立未来《せんりつみらい》——Future Perfect

美術館の外に出ると夏の太陽が額にカーンと当たってクラッとした。

イタリア、トスカーナのプラートという町に俺はいた。ルイジ・ペッチ現代アートセンターでやる日本の現代美術展のためにここフィレンツェのすぐ西にあるプラートに来てもうかれこれ一週間になる。館長のブルーノ・コーラとイタリア語ペッラペラ、ほとんどイタリア人にしか見えないナミオカさんがS.M.A.K.の個展を見て、現地でまた大きい作品をつくることになった。

美術館の中はさすがイッタアリア！って感じの白い壁で、空調も効いて涼しい快適な空間なんだけど、絵の具まみれの使い捨ての作業着のままサンダル履いて外へ出てくと、トスカーナの太陽ってやつはサングラスしてねえと眼が潰れる、ってくらい強烈な光だ。

「マサァトはイタリアへ行ってはいけない！　イタリアへ行ったらゲントに帰ってこないだろう！」

ヤンは俺がイタリア行く時にいつもそう言うんだ。これまでは（二回）ちゃんと帰ってきたけど、今度はどうかな？　三度目の正直ってこともある。

俺は画を制作するから九月一日に来て、二十九日のオープニングまでまるまる一か月滞在する。他のアーティストはまだ来てないだろうと思ったら着いた時に彫刻家の中ハシ克シゲさんが金ピカ天皇と蓮のインスタレーションを始めていた。会ったのも作品見るのもお互い初めてなんだけど、俺はこういうタイプの人とあまり会うことねえから面白くて毎日一緒に遊んだ。おんなじホテルだし、行くのは俺は遅いから別々だけど帰りは一緒に帰る。

「天皇の彫刻つくったら右翼から脅迫がバンバンきてよ。子供に危険感じるようになったんだよ。だから嫁さんに離婚してくれって言った」

その日の制作終えて（まだ暮れてないけど）美術館の前のバス停でバスを待ちながら中ハシさんは早口で言った。

俺には天皇やゼロ戦をつくる人の気持ちはわからねえ、けど中ハシさんがロダンの《考える人》のボコ！ってとこを熱く語るのを聴いてっと、あのペラペラのゼロ戦は彫刻っていうもんのヴォリュームにも関係あるんだろうなと思う。

イタリアの夕方の陽射しは中ハシさんを少年にもジジイにも見せていた。

数日後に廣瀬（智央）さんが……、それから奈良さん、ヤノベケンジ、やなぎみわが着いた。中ハシさんはやなぎみわが高校生だった時の先生だったらしくて、「かわいかったんだぞーっ」って言うけど。いや、今でもすげえかわいいよ。背も高えしびっくりした。こういうアーティストいるんだ！って。

ナイン・イレブン

この日美術館にいるとナミオカさんがみんなにちょっと来いよって顔色変えて言う。カフェに行くとテレビになんかすごい映像が映っていた。高いビルになにかがぶつかって炎上してる、と思ったらものすごい煙がモクモクモクモクって湧き上がりそのビルが崩れて消えた。

映画？かと思った。

「これワールドトレードセンターだよ。ニューヨークの！」

「え⁉」

俺たちは画面を見つめる。

午前八時四十六分、ワールドトレードセンターの北棟に旅客機が激突した。ビルが横に裂けるように炎上している。悲鳴が聞こえビルから落下する人が見える。九時三分、二機目の飛行機が南棟に衝突し炎上。数分後爆音とともに噴き出すような煙があがりワールドトレードセンターは上から下へ砂のように崩れて消えた。

テレビカメラはリアルタイムでこの映像を流していた。

ワシントンはこの二機の旅客機がハイジャックされたもので、これは同時多発テロだ！とアナウンスした。現場はさながら戦場のようだ。煙に巻かれた人々が〝助けて！〟と泣き叫び、路上には瓦礫や鉄骨が飛び散り、死体が転がっている。アラブ人五人をテロの容疑者と断定した……アルカイダ……。

俺は呆然と映ってる画面を見ながら、そこで起こってる出来事と、俺の眼というか網膜と脳がひとつにならない、俺の網膜の上で見てるものの像が強く結ばれていかねえ感覚にイラついていた。

テロという狂った仮想は現実であり、ワールドトレードセンター——世界貿易センター——はたった今この世から消えた。その時間、そこにいあわせてしまった三〇〇人の人もみんな！　殺しだ。怒り、苦しみ、炎から逃げ惑い助けを求めて窓から落ちていく人たちが今画面に映ってる。この現実は今の今、本当に起こってるはずなのに、この遠い感じはなんだ!?　〝この現実感のなさはいったい！〟これほど悲惨な現実を見てる自分の目から怒りの涙が出ないのが悲しい。

ここに知ってる人間がいたら、俺は泣くんだろうか？　ここに映ってる景色を自分の眼で見ていないから痛みがない、そんな問題なのか？　だとしたら俺はなんて想像力の貧しいアスホールか！


〝映像の嘘……、映像ってやつは！〟


俺はカフェを出て自分の制作してる部屋に戻って行った。映像だから手ごたえがなくてペラペラだってことはねえ。映画見て涙出るじゃん。べつに悲しい話だろうがなんだろうが。

そういう問題じゃねえだろ。

物語さえ関係ない。

つくったほうが真実に近くなるんじゃねえかな……、てか、ノンフィクションだって、ちゃんとつくらねえと真実にはならない！んじゃねえか。

つくる時はいつもチャンスと事故がつきまとう。画を床置きにした時俺は画の中だけじゃない、画の外の現実も引き受けたはずだ。デカい話じゃない。てめえの画にくっついてくる現実からは逃げねえってだけさ。つくるってことは全部引き受けるってこと。こっちの取り分はないんだ。

イタリアでつくるんだからイタリア製のキャンバスと絵の具使ってやりてえけど、イタリアのキャンバスは硬い。ピストレットのとこでやった時、キャンバスがちょっと撓《たわ》むだけで白いレイヤーがポロポロ剝がれてどうにもなんなかった。結局キャンバス裏返して裏地に描いたから、今度は最初から白い下地加工してない生の綿布の三メートル幅の一〇メートルのロールを買った。このルイジ・ペッチ現代アートセンターの白いきれいな壁には白いキャンバスに始めるより綿布のほうが赤が映える。

天井はそんなに高くないから画の高さは五メートルくらい。材木は美術館にあった。色は綿布に直にのせる。絵の具を吸い込むから生半可な塗りだと赤が沈んでく。だからすぐ絵の具が足りなくてフィレンツェに買いに行った。

ドゥオモからすぐ、ステュディオ通りにある画材店「ZECCHI《ゼッキ》」は俺からしたらまるで宝石屋だ。顔料をグラム売りしてる。なんかラファエルやダヴィンチの時代に来たような気になる。横にいる娘《こ》の名前ジュリエッタだぜ。

〝ルネッサーンス！〟

俺はイタリア製マイメリの赤「ROSSO CADMID CH. SC.」をしこたま買って通りを歩いた。

グッバイ中世！　人間万歳！　チャオ・ベッラ！

フィレンツェはそういう光に溢れている。

ライトニング

その日、日中は強い太陽が輝いていたが、八時頃陽が沈んでいくとすぐ涼しくなった。夜アーティストはみんなメルカターレ広場の数軒リストランテが並んでる中のトラットリア「ラポ」って店に集まって食事をする（俺たちは美術館からこの店の食事券を貰ってたから）。

みんなで例によってテーブルをくっつけてプリモとセコンドを各自二品まで好きに注文して食ってた。

「俺生ハムね！」「カプレーゼ」「こっちポルチーニのリゾット！」「私ニョッキ！」、ワイワイ言いながら食っていた時、遅れて拝戸雅彦さんが店に入ってきた。

「東島毅さんが来ましたー」

ガタイのデカい東島さんがテーブルのみんなにどうもどうもって挨拶してる。その横に女性がいてニコニコ挨拶してる。その横に少し下を向いて立ってるもうひとりの女性がフッと顔を上げた瞬間俺は、

〝！〟

フォークが宙で止まった。

眼に強い光が飛び込んだみてえに彼女の姿が消えて、気がつくとその女性は俺から少し離れた長いテーブルの向かいの席に座ってた。

俺は瞬きをしながら、誰なんだ？と考えた。東島の奥さんじゃないな……、奥さんは横に座ってる人だろう……、愛人？　まさか、連れてくるわけねえよな……あ、彼女の横に座ってる学生みてえなやつは誰だ？　やつのガールフレンドか？　いや、

見えねえ……、彼女は大人の女性だった。

俺は中ハシかっちゃんに「あれ誰?」って聞いた。

「ん?」

「知らねえ。けど、東島の連れだろう」、かっちゃんはそう言って俺の顔を覗く。「あれ? なんだ、好みか?」。

ニュアンスはちょっと違うけど勘のいい野郎だ。

俺の位置から彼女に話しかけんのは難しかった。かっちゃんなら向かいが東島の奥さんだからその隣の彼女にも近い。

「誰なのか探ってくれ。結婚してるかとか」、俺が小さい声で言うとかっちゃんは、

「俺は彫刻家だからな、結婚してる女性かどうかなんてすぐわかるぜ」、そう言って彼女を見た。

「きれいな人だな。年は三十くらい、結婚はしてない」

「おい、汚《きたね》え眼で見るな」

かっちゃんはそれから俺のために彼女をズケズケ質問攻めにしたんだけど、はっきり言って知りてえことはほとんどわからなかった。彼女はかっちゃんの質問（てか俺

の質問だけど）を全部スルーして自分はアーティストでもなんでもなくて、東島真弓さん（東島の奥さん）について来たただの同行者ですと笑顔で答えてた。

そして着いたばかりで疲れてるらしく、すぐに帰っていった……、えっ？

テーブルは「ナイン・イレブン」のアメリカ同時多発テロの話に沸いてた。

首謀者は、イスラーム過激派テロ組織「アルカイダ」の指導者ウサマ・ビン・ラディン。「九月十六日、アルジャジーラ上でビン・ラディンによるヴィデオ声明が放送された。声明の中でビン・ラディンは、『私は攻撃を実行していないと強調する。攻撃は別の個人によって、彼自身の動機にもとづいて実行されたように見える』と述べ事件への関与を否定している……」、ナミオカさんがイタリアの新聞を読みながら、「こんなのはもちろん嘘だ！」とテーブルを叩く。ナポリイエローの壁をバックに熱弁を奮う髭面のイタリア人ぽかったナミオカさんの顔がアラビア人に見えてくる。

その夜、ホテルに帰る途中も帰ってからシャワーを浴びて横になって目を瞑ってからも彼女の姿が消えなかった。

朝、目が覚めた時、画より先に彼女の顔が浮かんだ。

この日から俺は彼女を探した。

ホテルを出てバス停に行く通りを歩いてても、バスの窓から走る外を見ていても、そこを歩いてるんじゃないかって……。美術館に行けば一〇〇パーいると思ったのに、東島も奥さんも学生もいたけど、なぜか彼女はいない。

なぜだ⁉

俺はカフェに探しに行った時そこに座ってた篠田太郎にこういう女知らないか？って聞いた。篠田は、

「知らない。それより、小林さん、スペースの床のビニールシート少し畳んで通路つくってくれませんか？　僕のスペース、小林さんのスペース通らないと行けないんだけど、床が絵の具だらけであそこ踏むと僕のスペースに真っ赤な絵の具がついてしまうんだ」と言う。

「ああ、ごめんごめん」、俺は謝った。あのスタンリー・キューブリックみてえなスペースには油絵の具つけたくねえよな。「今やるよ」。

今日は二十五日だった。

二十六、二十七、二十八……、俺はプラート中を歩き回った。ドゥオモのフィリッポ・リッピの画に彼女を想いガリバルディ通りからアカデミア通りを歩く。プラートはビスコッティの店がいたるとこにあって、色とりどりのショーウインドウから中を必ず覗いた。細い路地がやたら多くて迷路に迷いこんでるようだ。ビゼンツィオ川を歩いて向こう岸まで渡った。喉がカラカラで、歩き疲れて楽園《エデン》って名前に思わず吸い込まれるように入ってしまった映画館、シネマ・エデン。まさかのフーテンの寅さんをやってた。吹き替えでイタリア語をしゃべってる車寅次郎。ペルメッソ、おひけえなすって。そしてとうとう俺は彼女の姿を見かけることがないままオープニングを迎えてしまったのだ。

今日会えなければもう終わりだ！

オープニングセレモニーとプレヴューがあって、対応に追われた。上の空だ。誰と話していても俺の眼は彼女の姿を追った。〝いねえ〟。俺は明日ゲントに帰らないといけなかった。けど、こんな気持ちのままじゃ帰れねえ！　俺は館内の人混みを抜けて、美術館の中庭、野外円形劇場みたいなすり鉢状の広場に来た。このあとここがパーティー会場になる。

そこの石段に奈良さんや小山登美夫さんがいた。「いないねえ」「いませんねえ」。「あれ、そういえば周吾さんは来ないの？」、小山さんが聞く。

全然忘れてた。

俺はごろっと階段に座って、タバコを吸いながらこっちで仲良くなった澤柳英行くんに今日ロンドンから来たっつう彼女を紹介されて話しはじめた。ロングヘアの彼女が俺と澤柳くんに「ねえ、二人っていつ？　どこ？」って聞いて「今でしょ！」って澤柳くんが答えてる。

横に座ってる写真家の横溝静さんもロンドンだって。加藤豪や金村修くんと話す。なぜか国立《くにたち》の話、たまらん坂と忌野清志郎の。篠田が「みんないいなあ！　僕には島田さんが来ない」と嘆いてる。

空は少し明るさを残しながら少しずつ暮れていく。

「ねえ、『先立未来《せんりつみらい》』ってどう言う意味？」、澤柳くんの彼女が誰にともなく聞いた。

この展覧会のタイトルは「先立未来――SENRITSU MIRAI」だった。

バンドのリハーサルが始まった。ミラノ在住の廣瀬さんが答えてる。

「イタリア語の未来形には二種類あって、単純未来と前未来（＝先立未来）があるんです。先立未来っていうのは未来から見た過去のことなんだ。

例えば、
Andremo al bar quando il party sarà finito.

パーティーが終わったら、我々はバールに行ってるでしょう。

なんていうのによく使うよ」

「英語だと未来完了ね。フューチャー・パーフェクト」と横溝さん。

先に立つ未来か、なるほど……、彼女に会えたら俺はゲントに帰ってるでしょう。

……でも彼女に会わなければ、ゲントに帰らないでしょう……か。

finito《フィニイト》, finito《フィニイト》――終わる、終わる。

俺は気持ちは焦りながら、でももう美術館の中へ入ってく気はしなかった。

またベルガムを巻いて火を点ける。

明日の朝には全てが終わってるでしょう……。

誰かが「あっ！」って言った。

誰かが〝あそこ！〟と指を差したかわからねえ、その瞬間そっちを見た円形劇場の上のほうの階段に彼女が座っていた。


〝あー！！！！〟


考えるより速く立ち上がって俺は階段を上ってった。

彼女は本当にそこに座っていた。

俺は彼女の前に立って、

「少し話せる？」と聞いた。

はい、と彼女は答えて立ち上がった。

背高いんだ……。

俺は彼女を連れて階段を下りて二人で座れるところに座った。

「ずっと探してた」

「今日ですか？」「フィレンツェに行ってたんです」

「フィレンツェ……」

「さっきバスで戻ってきたんです」

そうか……。

「そうだったんだ」

「私に用事かなにか？」

「いや、なにも……ただどうしても会いたかった、だけだよ」

「……」

俺は彼女に付き合ってる人がいるか聞いた。もしいると言ったら本当に好きか⁉と聞くつもりだった。

「いません」と彼女は答えた。

「俺と付き合ってくれないか、好きなんだ」

彼女は〝あっ〟と驚いたような驚いてないようななんとも言えない顔をした。拒否する感じじゃなかった。俺はそれで充分だった。彼女はまだわかりませんと言った。

「小林さんのことを私まだ知らないから」

そりゃそうだ。

「俺、ベルギーのゲントってとこに住んでんだよ。明日ゲントに帰るんだ。連絡していい？　住所と電話教えてくれる？」

彼女はペンで書いた紙をくれた。

「岡山かあ」（どこなのか全くわからなかった）

バンドの演奏が始まって人が動きだした。

俺は彼女が眼鏡をかけてることに今気がついた。よく似合う。きれいだった。

「あ、名前は？」

「わたなべしずかです」

秋の歌、静香へ

ゲントに帰った俺は早速絵葉書を買って彼女に手紙を書いた。

まず聖バーフ大聖堂《カテドラル》の絵葉書。

ここにある画が五百年も前の画なのにまるで昨日描いたみたいに美しいこと……、でも俺は決してこういう画を描きたいとは思っていないこと……、聖バーフ広場に座って俺は絵葉書に書いた……、ゲントの空気はすごく光っています。今はそれがきみのせいだと。

次の日は小麦市場《コーレンマルクト》、次の日は運河沿いのグラスレイで。

俺は毎日毎日制作の途中外へ出ては絵葉書にラブレターを書いた。そう、絵葉書は完全にラブレターだった。俺は彼女のアパートに毎日絵葉書が届いて欲しいと願って、まとめて届いたり途切れたりしねえように毎日違うポストに入れて歩いた。

彼女からも返事が帰ってきた。俺と違ってちゃんとした封筒に入った手紙だ。彼女が岡山の大学で助手をやってることを知った。毎日ニュースでアメリカの攻撃の様子が流されて心が痛むこと。ヨーロッパは安全ですか?と。

いつも自分が通《かよ》って眼にしてる風景だと言う景色の写真が入ってた。三枚横にパノラマみたく。

初めて彼女を見たプラートのレストラン「ラポ」のアーティストたちのいたテーブルを思った。

写真は新幹線の高架が横に流れるごく普通の田園風景だった。彼女が見てるんじゃなきゃ俺はただ空が広いこの横に流れていくだけの田舎の景色に眼をとめやしないだろう。でも彼女が毎日見てると想うと、景色が写真を出て春・夏・秋・冬・美しく変化する様が浮かんだ

俺はこの写真をアトリエに貼った。

俺は制作をしながら毎日二回も三回も下へ走ってスタジオの外のポストを開けて中を見た。彼女からの封筒が入ってると嬉しくて我慢できない俺はその場で立ち読みす

る。その日はその手紙を何遍も読むし、入ってねえと前の手紙をまた読んだ。
そしてスタジオで画を描く。
ゲントに帰ると心に眼が戻ってきた。
プラートから帰ってきて描いたのはこういう画だ。

十月七日、日よう、
電話のあと、すごく力がでてイタリーから帰って始めた画が完成しました。コバルトブルーディープとルビイレッドの夜空にパーマネントイエローの星が2つ光ってる作品です。僕は先ず、オープニングの夕方の……円形の階段の一番上のはじっこに腰かけている君を見た〝瞬間〟から始めました。近づいていく……話しかけて、立ったまままちょっと並んで……その時すうーっと周りのブルーに赤が入ったんだ。黄の2つのそれはまだ点でしかないけどルビイレッドの糸を引いて……階段をおりていって向かいあって座ったでしょう？　好きだって事をはっきり言った。オレの方の黄に赤がすこしさして、そこで一気に2つの点を1つにしてしまおうと思ったかもしれないが出来なかったし、しなかった。2つの星みたいなものが並んでちょっと手をつないでいる様にもつないでいない様にも見えた。それが3日前くらいだったかな……1たん全部消した。

夜ベッドに横になっている時、君をおもうだろう？　ここに居ないけど、どこに居るのかなって、胸の中に確かにもう居るんだよ。オレの胸の中のその新しい光と、そのことをよく知っているはずの夜空のどこかの星を2つ光らせたんだ。

起こってる時間と場所は違っているけど、全てがつながっていることを感じて、俺はほとんど十年ぶりに描いていて幸せだった。

彼女のことばかり考えて十月はあっという間に過ぎ、ゲントは冬になった。

彼女からの手紙は木、金、月と必ずポストに入ってた。

この頃俺はクリスに貰ったブルーグレイのベルギー軍のコートを着てたんだけど、ポケットに切手と「A PRIOR」《プライオリティー》のシールと五色ボールペンと封筒を入れて彷徨った。

十一月一日

今日は夜、外へ出たらすごく寒かったんだ。ポストをのぞいたら君の函館の絵葉書があって！うれしかったなア！その場で当然立ち読み（街燈の下）してから本当はcentre行ってどこかの店入ろうと思ってたんだが、急きょ近場に方針変えて駅（すごく近い）へ歩き出した。（葉書早く！よく、読みたいじゃないか）よし！　ギリシャの店にしよう！とかって、（そこが1番近いからダ）

十一月二日

ゲントの町をひとりで歩いている時、さみしいと思った事はありません。ごく、たまーに、一瞬背筋がゾオーっとする事はあった。歴史がのしかかってくる様な時かな……そういう時に限って星をみるとサ、影（重さ）がすうーと引いていく、たかが7―800年でいばるなよって！　同じ人間同士、仲良くやろうぜ!って事。

十一月七日　9時半　雨、雨、雨!

作品完成したみたいね。正確には昨夜ですけど、違うか? 今朝、明方だから今日でいいのか、つまり、昨日、一つ前の手紙書いた時にはもう出来てたってことです。そう思ってなかったけどネ! 制作やめてすぐねちゃって! で、朝10時頃見たら完成してた。すぐ次のを始めた。大体いつもそうだよ。ごめん! なんかすごく不親切な書き方してるよな、どういう画か、説明何もしてないし、君のいるおかげで出来たんだから、でも何をどう……、もう、次のを始めてるし……、ありがとう!

十一月九日　A.M. 4:30

昨夜スタジオに戻ったのが9時で、それから今まで夢中で制作して、気がついたらもう4時半……か。〝なんか腹へったなア〟と言ってみても、何もない。外、ひょうがふってるもんネエ! 雨に混じって、時々すごい風の音に乗ってパラパラパラパラパラパラー！と窓に当たる、〝ちょっとなア！〟今外へ出る勇気はありません。さっき、というか、昨夜駅行った時だってひどい雨と風だったが、しかもせっかくNight Shopの前をとおったのに、〝なぜソーセージとチーズくらい買っておかなかったんだ!?〟

十一月九日　P.M. 7

急に画材が足りなくなったので6時、店が閉まるぎりぎりでしたが買えて、今その近くのBARでスープとスパゲティボロネーズを食べながらこれを書いています。今日は朝10時半頃起きて制作続けながら――いくつかの件を済ませたくらいで――このあとも続けて制作します。オレにとっての制作っていうのは出来るとわかっている事をするわけじゃないから。こういう画をかこうと思ってそういう画が出来る、こんなたいくつな人生はないだろう!?

毎日毎日書いた。そして、ゲント中の絵葉書は全部出してしまったんじゃねえか？って頃、さすがに手紙じゃもう嫌んなってきた。

この言葉が嫌んなる。もどかしい！　なにしょうもねえこと書いてんだ！って。自分の言葉は嫌でそのくせ静香からの言葉はなんでも嬉しい！　どーなってんだ？

もう会いたくて会いたくてたまらねえ！

会いに行くか！

でも金がなかった。フィリップに「至急金をつくらなきゃいけない！」って話をしてS.M.A.K.の個展のあとから今まで描いた小さい作品で展覧会をやることにした。フランドル伯の城の裏手にあるコレクターの家の一角にできたばっかの小さいギャラリーだ。スティーンっていうアカデミーを出たばっかのアーティストが運営している。まだトイレのドアもないし外壁も塗装してなかった。アーティスト・ラン・スペースのはしりだった。

「Another Son of Painting」。十一月二十五日オープニング、小さい画を並べたからよく売れた。もちろん周吾に話はしたよ。

俺のテレパシーが通じたのか、周吾が東京で床置きの画で現地制作しないか？と言ってきた。この頃銀座の佐谷画廊はいろいろあってなくなり、社長は荻窪の自宅をサロンにしてクレーや瀧口修造の研究を続けていた。

周吾は独立してシュウゴアーツをつくった。一方で、佐賀町の食糧ビルの三階に小池一子さんが始めたエキジビットスペースというのがあったんだけど、二〇〇〇年に閉めるという、その場所をギャラリー小柳の小柳さんと周吾が引き継いでライスギャラリー by G2として企画運営を始めていた。そのスペースで新年早々やらないか？っていう話だ。三点ぐらいつくったほうがいいから一か月制作にかかるとして、十二月の一週目には東京に来て欲しいと言う。

俺は二つ返事で「行く！」と言った。

〝やったぜ！　静香に会える！〟

〝出発前に届いてほしい〟

封筒にそう書いてある静香の手紙をコートの胸ポケットに入れて、俺は飛行機に乗った。

十二月三日、東京に着いた俺は新幹線《のぞみ》でまっしぐらに岡山へ向かい夕方仕事を終えた静香がプジョーに乗って現れた。

ああ！　もうそれからの時間は俺のペンじゃ書けないし、書かねえけど。

彼女がニュー・ゴッデスだってことは間違いなかった（この女神は魚が好きらしくて、部屋に水槽があった。飼ってたのは派手な熱帯魚じゃない。アフリカンランプアイ、眼がコバルトグリーンに光るメダカたちだった）。

よし、仕事だ。

五日岡山駅で別れ難い静香を抱きしめて新幹線に乗った俺は夜東京駅から周吾に電話した。

いきなり、「なにやっててんだ！　今どこ!?」ってかりかりと怒ってる声が飛び込んできた。

「東京駅だよ」

「三日に着いててんじゃないのか!?　みんなスタンバイしててんだぞ！」

俺が、「いや、ちょっと岡山に行ってた、すごく大切なことで……」、そう言いかけると、「そんな話聞きたくない！」「おまえは俺の金で遊んでんだぞ！」

叩きつけるように電話が切れた。

周吾の金……？

そりゃ俺の床置きのでかい画が右から左にすぐ売れるとは思えねえけど……。その頃新しいギャラリーをつくったばかりの周吾は身銭を切るようにして、ゲントの俺に送金してるってことを、この後六本木のアートバー・トラウマリスで住吉から聞いた。

「小林が金をつかう、小林が金をつかう！って、もうね」、住吉がカウンターの中で笑いながら言う。

「だから私言ったのよ。周吾さん、腹括らないとだめ！って」

スペースにクレサンジャパンから二九番の二×一〇メートルのロールが送られてきた。絵の具はルーカスからのと、久々に新宿の世界堂で買った。材木も揃った。食糧ビルっていうのはレンガ造りの建物で、日本には珍しい床置きの画が好きにやれそうな空間だった。

このロール一本でここに画のある空間をつくる。

周吾は今回、つくる画のサイズを厳格に指定してきた。幅二メートル、高さ一メートル八〇センチまで！　これが一杯いっぱいだ。ちょうどロール一本で三点つくれるだろう。

「フレーム入れてのサイズだぞ。絶対にオーバーしないようにしてくれ」

周吾は俺の反論は一切聞かないオーラを全身で発散させて念を押した。

「問題ない！」、現実の諍いはパチパチあるけど、静香を得た俺は絶好調で制作した。

ビルの三階は少し教会みたいな空間だった。元講堂だったたって聞いたけど、アーチ型に抜いた空洞や窓、床や光にそういう感じがあった。つまりあらかじめできあがったムードがありすぎる。だからまず部屋全体を養生シートで覆って空間を仮設《かり》の状態に戻して始めた。そのシートの上に俺は離れたとこ、入り口の辺りから絵の具をポンポン放り投げていった。なんて言うか、まあ儀式だね。ここが俺のテリトリーだ！っていう。そういうことしながらリズムをつくり画の場所も決まってく。床をつくるためにいろんな方向へ絵の具をサーっと滑らせる、ビームみてえに。

映画の撮影に使えそうなお洒落な古いビルなんだよ。ベランダでタバコ吸ってると、回廊や中庭が見える。二階には小山登美夫ギャラリーとTARO NASU GALLERYが入ってた（俺はこの時見た桑原正彦さんの画が忘れらない）。

下の音はここまであんまり響いてこない。

一日中誰も三階まで上がってこない日もある。

シーンと静まりかえった空間で、たぶん自分の足音と木枠やキャンバス動かしてる音や描いてる音を聴きながら、俺はなんていうかやけに久しぶりに一人《ひとり》になったような気がしていた。光がよく見えた。今までだったら無視してたかもしれない冬の少し堅い、眩しいけどいい意味で弱い光が窓からギャラリーに差し込んでいる。

日本は太陽の光が弱いなあと思う。中途半端に影をつくりたくない、画の光同士を乱反射させる必要があった。

俺は三か所に赤、黄、青とかたちの違う画を三点つくった、タン・タタ・ターン、A・B・C――A・C・B――B・C・A――C・A・B、簡単に言うと、だけど。

面白いのは夜のネオンだった。ちょうどいくつかの窓から向かいのピンクと緑のネオンがチカチカ眼に入る。窓にも透明シートを被せた。街のイリュミネーションがこの室内の照明に散乱する。

夜は教会というよりラブホの光だ。どっちも神がいないわけじゃない。それが東京の光だった。

早い話、虚のヒカリだ。

近親憎悪だろう、俺の画は光としてこの時一番モノに近づいたかもしれない。

静香がクリスマスに俺に会いに制作中の食糧ビルの三階に来てくれた。自分がつくってる画と空間《スペース》の中で静香を見るのは初めてだ。養生シートの中に立って画を見てる静香を見て俺はあることを予感した……、ってか夢を見た。

この日はイヴだから夕方制作をやめて二人で町へ出て地下鉄に乗った。

「どこ行こうか」

実は夜七時から武蔵小山教会のキャンドルサービスに行くと言ってあった。イブの夜だからおふくろも弟夫婦もいるし、クリスマスくらい教会もいいかな、って。遊んでた場所を静香に見せたかった。

「目黒から歩いて行かない？」、そう静香が言う。

俺は目黒から教会まで歩いたことはなかった。

「たぶん三〇分くらいだし、途中けっこういろんなお店あるみたい」

へェーと思った（いや、感心したってことさ）。

ちゃんと調べてんだ……。

「いいよ、そうしよう」

♪♫♪クリスマスソングが流れる東京の通りを静香の肩を抱いて二人で歩いてるのはなんか夢みてえだ。ちょうど三か月前だったんだもんなあ。プラートで初めて静香を見たのは……。

「寒い？」

俺たちは毛糸の帽子や手袋を並べてる店で静香のマフラーを買った。確かに目黒通りから武蔵小山のほうへ行く道にはちょこちょこお店があった。静香が言う店っていうのはインテリアショップとか、雑貨屋のことだった。俺はそういう店っていうのは全く興味なかった、てか皿とか箸とかコップとか、これまで自分に全く関係ないから覗きもしなかったんだ。この時も俺はなんかかわいい店があると店のドアを開けて入っていく静香をよそに中には入らず外でタバコばかり吸ってた。

「いいよいいよ、ゆっくり見てて、俺待ってるから」

静香が俺と一緒に中を見たいんじゃないか？なんて夢にも思わなかった。

珈琲を飲みながら、趣味はなんだ？みたいな話を笑いながらしてる時、静香が「私の趣味は生活です」と言った。

〝生活？〟

びっくりしたぜ。よりによって!?俺の人生で一番遠い言葉だ。これまで「生活」なんて考えたことはない。生活がなにかも知らねえ。たぶん生活という言葉が静香の唇から出たのはそれが最初で最後だった。俺は俺で都合よくその言葉を忘れた。

でも、静香がクリスマスイブのこの日俺にそう言った瞬間の顔だけはずーっと覚えてる。

十五　画の完成の仕方

二〇〇二年

この頃、俺の作品はある大きなターニングポイントを迎えていた。

ずばり〝画の完成の仕方〟だ。

元々ペインティング、ペインターって言えば三次元、四次元、五次元……、あらゆる現実と空想の狭間で生まれるイメージを二次元の平面に筆で描き出せる技術を持った職人のことだ。ウフィッツィやルーブルの絵画群を一望すればそんなことはよくわかる。俺がもしこの時代に生きてたら絶対に画家にならねえよ。びっくりするってくらい画は真っ平らだし、やっぱ絵筆だ。画家は時代のパレットに色をつくり、その国の絵筆でイメージを描き出す術を競ってる。もちろん職業じゃない画家が登場する近代からは違ってくるけど。

唯一ダヴィンチの画だけは俺が思ってる画に近かった。

俺が思ってる画っていうのは頭ん中にあって、つまりボディーがない。どういうかたちになってもいい自由なイメージの状態が画の正体で、だから画は誰にも見えない。それが頭の外に出て様々なかたちをとって現れたものが眼に見えるようになった画、つまりみんなが見てるのはそれだ。

「正体と画が一致することは稀だよ。本人にしたらずっと未完成なんだ」

未完成にしないと一致しねえっていうか……。

つくりすぎちゃうんだよな。そこに手をつけてしまうとなにかが損なわれなにかが失われてしまう。

存在することの重さ。それを名づけることの重さ。意味の滑稽さ、悲しみ、纏わりついてくるものそれらを俺は失墜と呼んだ。

存在することで少しも失墜していないもの。

できた！瞬間にやめる。つくりすぎない。仕上げを入れたら遅いのだ。なぜなら画にはいつだって周りの空間があるから。

国立でやってた時「空」の周りには白い壁があるだけだった。「絵画の子」の周りには画よりひと周り大きい空間があるだけだった。

ゲントに来て画が床置きになって画の周りの空間は一気に拡張した。壁に、床に、天井に、光を受けた画がパアーッ！って開いた。

そこは現実の場所だった。

生き生きと動いてる世界、それまで俺が全く知らなかった光、キレイ汚ネエじゃすまない生の現場は余りにも魅力的だったから俺は画と一緒に無防備でそこへ入っていった。

俺の画は画が画であるまま周囲の環境に晒される。

そう望んだんだ。俺は素晴らしい《ビューティフル》と思った。

ワトゥで、塔で、ビエッラで、プラートで、太陽の光は画の色を変えかたちを奪いある時はくっきりと際立たせた……。

その光を受けてるうちに俺は、俺の画が、どこからどこまでが画か、わからなくなってきたんだ。


「外の世界によって画の完成の仕方は変わる?」

「変わるさ。当たり前だ」

「無菌室みたいなアトリエで描くのと、外の……こういうとこで描くのはそりゃあ違うさ」

俺は小麦市場《コーレンマルクト》の観光客で賑わってる外のカフェでフィリップと久しぶりにゆっくり話していた。地元の人間ももちろん通る。知った顔がしょっちゅう通っちゃキスしたり、握手したり、時には腰掛けてしばらく話していく。

「この広場で画を描くとして……、どこからどこまでが自分のテリトリーか、で画のサイズからなにから変わってくるだろ?」

俺は眼の前の広場に画を想像する。

「たぶん描いてるうちに人の輪みてえのができるよな。それも画の外の枠のひとつだ」

「誰も見てない時ならどうだ？」とフィリップが聞く。

「それでも俺はこの世界のどこかに外枠をつくらなきゃ、画のサイズもかたちも決められない。なにを描くか、どう描くかも。色も。

それとも……どんなサイズだろうが、どんなかたちの画だろうが画がまずここにパァーっと生まれる……、〝私を見て！〟って。空も大地も広場もそのあとからできるっつーなら話は別だけどね」

「存在論の問題だ」

「ああ。誰が見てようと、見ていまいと」

「画のつくり方、フレームの話してんだよな？」

「そう……、俺の画はフレームから外れてるけど、画の外側にもフレームが間違いなく在《あ》るんだよ。見えたり見えなかったりするけど……。現実の枠、そして社会の枠。俺はそれも全部画だと思ってるけど。

この広場っていうのだって枠さ。石塀はねえけど、カフェが並んで向かいは郵便局の建物、H&M、ダンヴェール、マック、ほら、囲まれてる。広場の中に俺たちはいる。

でも、こっから俺が画を持って広場を出て、あの橋のとこにもうひとつ画を置いたらどう？　グラスレイは中世の頃、港だったんだろ？」

俺は両手の人差し指と親指で〝約四角〟をつくって、橋のほうに向かってフレームを広げる。「この点とあの点を結ぶ線、この画とあの画が入る大きな見えない枠。でも現実の同じ場所で人は見えない点と線と面の空間とは関係なく歩いて動いてるんだ。そして光！　ああこれがみんなひとつの世界にならねえかなあ！」

ほんとはなにも切り取りたくないんだよ。
遊んでるだけなら切り取る必要もなかった。
フレームに入れられてることさえ気づかねえから。
でもなにかつくるにはフレームがないとなにも完成しない。

「だから切り取り方さ」

俺はフィリップと別れて自転車でリンダの店「Linda's《リンダズ》 Diner《ダイナー》」に行った。S.M.A.K. そばのアメリカンタイプの食堂だ。リンダっていう優しい女性がやってて、俺が行くと「ステーキ？」って聞いてステーキビアネーゼを焼いてくれる。山盛りのフライドポテトも。

S.M.A.K. の個展の時、コリドールで制作した一週間、毎晩ここでステーキを食わせてくれた。リンダの息子のダヴィッドと友だちになった。それからは小学校から帰ってくると店で画を描きながら俺を待ってて、俺がステーキを食い終わるとポテトをつまみながら一緒に画を描いた。

ダヴィッドはあの頃のノグチの祐樹と同じ年ぐらいだった。

今日俺が行った時ダヴィッドはいなかったんだけど、リンダとカウンターで話しながら肉をジュージュー焼き出してると、パジャマのまま店に出てきた。紙の束を抱えて——会えなかった間に描き溜めてたらしい画だ——テーブルに並べて俺に見せる。

「ボーイスカウトで僕はトムと罠をつくって、捕まえたんだ！」、夢中でしゃべりながら俺の横のスツールに上がって赤いカウンターの上にクレヨンで続きをまた描きはじめる。俺も皿に残った薄黄色のビアネーゼソースを指につけてそこに描いていく。ダヴィッドがケチャップを俺の鼻につける。ゲラゲラ笑いながら。

ああもう祐樹は中学三年になってるんだ。

深夜俺は自転車を押してダーフハース通りのスタジオに帰ってきた。

スタジオに帰る途中自転車がパンクしてしまった。黒いフットブレーキの自転車じゃないよ。アレはとっくに盗まれた。今のは三台目。

話したっけ？　きみがいつも手紙に書いてる俺の住所のダーフハースって、「鳩の家《ダブハウス》」って意味なんだよ。つまり俺はゲントのハトや通りに住んで画描いてるんだ。

Duifhuisstraat 52……、

ダーフハース・ストラット・トゥエー&ヴェイフティッヒ！

画はどこにある？


俺は静香と会ってから、一点スタジオで大きな作品を完成させていた。

もうどこにも手を入れるところはないし、直すところもない。どう見ても未完成なのに絶対もう手が触れない。

俺はこの画の前にソファを置いて、（つってもこの画はスタジオと一体になって広がってたからどこにいても画の前って感じだけど）、毎日この画を眺めて過ごしてた。

なんなんだろう、あのS.M.A.K.のパーティーのあとなんてもんじゃない、まるで強盗にでも荒らされたような、靴跡だらけの、下手すりゃキャンバスの上でレイプでもされたような画なのに、触れないアンタッチャブルだ。（光が当たると）どこもかしこもきれいなんだよ。

この画は！　いったいどっからどこまでがこの画なんだ？

俺はどこからどこまでがこの画なのかわからなかった。

細部のどこもかしこも毎日新しい発見があった。もうずっとなにも手を加えてねえのに。画と壁、何本も交差するビーム、床の絵の具、手袋、パンツ、ボロの大きな山、もちろんこの画がつけた跡だけじゃない。

俺がゲントに来てからつけた五年間の画の跡と一緒になって斜めに壁にもたれ床にスカートを広げるようにキャンバスが広がってる。

光は画の中から出てる。

どうしてズルッとこの画が倒れない？　見る度にわっ、倒れる！って手を伸ばすところでとまってんだよな。それかフッと立ち上がった瞬間か。

俺はこのフレームワークをどうやったか全く思い出せなかった。


とにかく触れない。

けど……、触れねえってことは？　動かせねえじゃねえか。


ある朝のことだった。東の窓から床に差してきた日射しが画のロールを超えて少しずつ画の中へ伸びていくのを俺はぼんやり眺めていた。やがて太陽の光は黄色い画面に当たって黄色をもっと明るくした。画の反射光が波のようにキャンバスの木枠《ビーム》の外に出ていく……枠を超えて、足跡だらけの床に揺らいで光のプールをつくってた。なんていうこともなく、ふと、〝この星〟じゃないかな、と思った。

そう思った瞬間画が動いた。

画の中だけじゃない、空気も動いた、床も壁もドアも寝室の入り口も、全部！　景色が一分前とは違って見える。

なにが違うんだろう。分節のネジがとんだ。

どこからどこまでが画でもいいと思った。

ここは〝この星〟だ。

ここをこの星の景色として見たら、この画をどこでどうカットしても構わない。スタジオの中だろうが、ドアを開けて踊り場からだろうが、階段を下りて、コリドールの先まで入れようと。

世界はどうとでも切り取れる。そうか！

俺はちょっと外に出てみた。

ダーフハース通りの見慣れてる建物、石畳の道、ここはこの星の道、この星の家がある……、この星を歩く……、この星のパン屋、あ、ネクターのおばさんだ、この星のおばさん、フイダー！　いい日を！　ベルギー、ゲントの……、この星のダーフハース通り。

歩いてる景色が全く違った。

今この瞬間のかけがえのなさ、一期一会の感覚、視界はどこまで遠くに行っても、近くに寄っても〝この星〟だった。

どこで切れてもオーケーだ。と同時に全てがオーケーになる。

この明るさ、これは哲学でもなんでもない。もちろん宗教でもない。ただの感覚のスイッチを入れるだけのことだった。

〝感覚のフレーム!?〟

〝この星〟っていうのは純粋に感覚だけに働く言葉だ。
ただスイッチを入れるだけ。
なによりも楽しくなる。
これは恋してる時の感覚に近いかもな。

そうだ、ここは恋してる瞬間の世界だ。
よし、このフレームで画を描こう。
〝この星の絵の具でこの星の画を描こう！〟

それから一年後、シズカが〝この星の〟ゲントに引っ越してきた。

十六　新世界

二〇〇三年

クレサンの二九番のロールキャンバスっていうのは暗い筒から出したばっかかの時は少し黄色っぽいんだけど、陽にあてているとだんだん色素がひいてって白くなる。フランドル職人の手仕事だからキャンバスも生きてんだよね。

俺はスタジオの床に広げて真っ白になったキャンバスを約二×三メートルの荒材に被せて例によって釘を三つ打って木枠に軽く留めた。

やや台形ぎみの横長の白いキャンバスだ。壁に立て掛けてロールを引っ張りそのまシーツみたいに白く輝くキャンバスを床に広げた。

「シズカ、ここに横んなってくれる?」

寝室のほうから裸でスタジオに現れたシズカが真っ白いキャンバスの上に横たわった。

〝これは!〟

光の束が眼に突き刺さって眼が潰れるか!っていうくれえの完全に生きた画だ。

これからキャンバスに描くんじゃない。シズカはもうキャンバスの上にいる。もちろん永遠《ずっと》にいられねえ。だから今よく見とかないと!

シズカがキャンバスの上から消えたあと俺にこれ以上のものができるかわからねえけど、今はなんとしても挑戦したい気持ちのほうが強かった。てか今やらねえでいつやんだ!

初めてのヌードペインティングだ。

この星の絵の具でこの星のヌードを描く。

キャンバスに直に横たわれる人じゃなきゃだめだったから。

シズカが来たらできる！

シズカと初めて会った時から俺はこの光景を夢に見ていた。

ただ想像と違ったのは……、
シズカが顔をむこうに向けて、背中を俺のほうに向けて白いキャンバスの上に横たわったことだ。

「こっち向いてくれないんだ？」、俺は笑いながら言った。

「顔は恥ずかしいわ」、シズカがむこうを向いたまま、キャンバスと壁のほうに向かって言う。

「私モデルじゃないから。ポーズとりかたわからないもの……、言ってくれたらとります。どうして欲しいですか？」

「いや、いい。このままでいいよ」

そりゃそうだ、と思った。

シズカはジャンヌ・エビュテルヌ（モディリアーニのモデルだった女性）じゃねえ、生きてるんだ。左の肘をついて脚をまっすぐ伸ばして横たわるシズカと真っ白いキャンバスを一緒に見ながら俺は言った。

「右手でそこにある銀色の絵の具握ってくれる?」

シズカは右手を肩からぐーっと伸ばしてルーカスの大きい絵の具を取った。

「絵の具強く握って手をうえに上げてくれる!」

この星のモデル

シズカがキャンバスから出ていったあと、壁に寄り掛かってる真っ白いキャンバスに彼女の後ろ向きの残像はハッキリ残ってた。
俺の頭の中で古今東西のヌード絵画がめくられていく。デューラー、ホルベイン、ボッティチェルリ、ジョルジオーネ、ティツィアーノ、ヴェロネーゼ、ティントレット、コレッジョ……、ベラスケス、ゴヤ、アングル、フラゴナール、クールベ、マネ、ルノワール、ピカソ、モディリアーニ、キスリング、マティス……、
好きな画はたくさんあるけど、どれも参考にならない。でもこういう画があるってことが助けになる。
同じである必要がねえってことだ。

テレピン油をたっぷり浸み込ませたボロで拭くように、俺は白いキャンバスに背中をこっちに向けて横たわるヌードを描きはじめた。

まだ絵の具はつけてない。紙にエスキースもスケッチもしない、俺のキャンバスにぶっつけのウオーミングアップだ。絵の具は使わず、スポンジみたいにテレピン油を浸ませたボロで白いキャンバスに描いていく。描いた瞬間から揮発して消えてゆくかたち……、網膜に焼きついてるシズカ……。眼を開けて手の軌跡を追いながら像《イメージ》を探っていく。

さっきここにいたシズカにここからなにが見える？って聞いたら、なにも、白い色しか見えない、って言ってたけど、こんなこと言ってたな……、

「でも不思議なの。私なにか見えないと不安で怖くなるのだけど、ここは怖くない」

って。

「……包まれてるような」

よかった。

「狭くない？」

「全然」

「今どこを見てる？　顔見えないからね……」

「さあ……、私画の上にいるの？　どこかなあ？　それともアトリエの中？　眼鏡とってるから……、あっちは未来？　こっち？ 今？ かなあ」

体が等身大よりひと回り大きくなっていく。脚はスーッと伸ばせるところまで伸ばして、でも切れてもいい。

俺はこの星の絵の具でこの星のモデルを描きはじめた。

初めてのヌードペインティング

俺のヌードペインティングは体がどこで切れてもいい。

四角であれ三角であれ画が枠の中にあるならコンポジションが生まれる。頭、首、胴体、手足、姿形の全ては計算され俺たちの視線を集める。物語と寓意、時代精神、批評がちりばめられた背景は視線を画の奥に誘いこむが、画家はそれら全てを平面上に筆で描いてるんだ。

彼女たちは画の世界に住んでいる。

ジョルジオーネは自分が描いた平らなヴィーナスがマグカップになったり、Tシャツにプリントされて街を歩いてるのを知ったらどう思うんだろう⁉

アートって面白《おもしれ》えよな。

あとの話はあとの話だ。預言者なんていらねえ。

話はいつだって終わってねえし、
世界はどこで切れたっていい！
だから未完成でいいってことにはならねえ。
俺はこの画完成させるぞ！　ただしこの星の完成の仕方で！

そうか、絵の具フタしてなかったのか。

さっきシズカがギュッと握って〝キャッ！〟っていう声にならない声と一緒にルーカスのでかい絵の具から飛び出た色の塊がキャンバスの下のほうにくっついてる。

コバルトヴァイオレットだ。

俺は紫をこれまで一度も使ったことがなかった。

紫っていう色は俺にしたら溶かして使う色なんだよね。とろーっとした油に薄《うす》ーく溶かして使いたくなる色っぺえ色だ。金《ゴールド》かシルバーホワイトの下地つくってブラッシで被せてったらきれいだろう。俺はやんねえけど。

ほら、塊にリンシード油とろーっと垂らしてくと黒い塊が崩れて流れてくじゃん。

真っ白いキャンバス地に紫が溶けて流れてく。そこに手で入ってキャンバスの光を生かした薄塗りで空間を動かしていけばこの二九番のキャンバスなら一発だ。きれいだろうな。それもこの画ではやりたくねえ。

なんでかなあ……、俺はこのヌードはキャンバスに塗り残しや余白をつくりたくなかった。空間は画の外にたっぷりあるから〝この星のヌード〟は画の中に余計な空間はいらねえんだよ。

それよっか像の質感だ！

たぶん画の中も外も〝この星〟だから、俺もモデルも八〇パーはこの画の中に入りたいと思ってんじゃないかな。五〇パー……、いや、へたすりゃ画の分量は一パーだって、外の世界があればオーケーになるんだから。

それはもうつまんねえ。

シズカがゲントに来るって決まってから、俺はルーカスにコバルトヴァイオレットディープとライトシルバーを箱で注文した。

紫がついた手でキャンバスを銀色の絵の具で塗り潰したい！

シルバーヴァイオレットの背景に、肌の色はレンブラントのゴールドオーカーとルフランのルビーレッド、それに今度はチタニウムホワイトを混ぜる。ただしキャンバス上で一瞬に。

髪は、オーレオリンとルーカスのカーマインだ。

俺はこれらの絵の具をキャンバスの周りに取り囲むように並べて、大きいキャンバスの中にパレットみたく直にどんどん色の塊を出していった。

あとはやるだけだ。

俺はこのヌードは〝像《イメージ》の質感〟で決まる！　決定的に、ほとんどそれが全てだと感じている。

これは〝感覚の質感〟のことで、俺がやろうとしてることはセザンヌの言う〝感覚の実現〟と同じことだろう。サン・ヴィクトワール山の画見てるとそう思うよ。色や筆のタッチ……、感覚の実現、ほんとそういうことだって思う。ただ時代と実現したい画が違うだけだ。

〝この星〟っていうのもこの質感をハッキリさせるための感覚のフレームなのかもしれない。画に額縁をつけて平らな壁からハッキリさせるように。

像《イメージ》の質感は絵の具でつくられる。絵の具とキャンバスと木枠だけど、絵の具のチューブから出てきた色がつくる。ほとんど全てをだ。

絵の具のチューブをギューッとやってそこから出てきた色の塊が林檎になっていくか、空になるか、焔になって、ヌードになるか？


「あっ、ほんとにヌードだ！」

ゲントに来たキュレーターの保坂健二朗さんがスタジオに来て、ヌードの画を見てびっくりしてる。俺は逆に保坂さんがそんなに驚いてることに驚いた。

「なぜ？」

ヌードは絵の具のチューブから生まれる。画家はなにを描こうと自由だ。それがなにになるかはたまたま、俺は「たまたまだ」と答えた。

人がなにかをする時、なぜそれをやるのか？　聞いても無駄だ。

それをする理由はもちろんある。そんなもんあるに決まってんじゃねえか！　でももしその正確な答えを書き記すとしたらそれは途方もねえ天文学的な量になるだろう。なぜって人ひとりの人生全てを記さなきゃいけないからさ。じゃなきゃある動機がなんのために生まれたかなんてわかるわけねえんだよ。

俺が今、二〇〇三年の九月四日にゲントにいて、シズカが同じ日にこのゲントにいる。そして俺は白いキャンバスに初めてヌードを描く。そこにはありとあらゆる必然があるはずだ。それぐらいわかるさ。ファーブルが言うように偶然なんてねえのかもしれない。それは名づけられないことをそう呼んでるだけで……。

俺はひしひしと感じる、今しかない！って。

今この瞬間に、産まれてからこれまでの俺の全てが流れ込んでくる。あらゆる出来事、選択、決断、全ての時間がここに流れ込む。そうならないで消えていった無数の泡のような考え。こめかみの火薬の匂い、二度と同じにならない！　逆回転する波、あの線を一センチ横に引いてたら？　あの日二人の人生が交差する瞬間の〇・〇一！光速のイルミネーション、飛び交う粒子、そのたったひとつでももしそうじゃなかったら!?　俺とシズカは今日ここにいないんだ。

だからたまたまでいいじゃん。
存在することで少しも失墜しないもの、
奇跡さ。
次の瞬間に消えてしまうかのように強く強く存在する、
たまたまさ。

絵の具のチューブから流れでる色がヌードになって固まる、その一瞬前で俺は画から離れる！　コンマ何秒のタイムラグ。

固まる時ものはほんのちょっと縮まるからだ。

完成《できた》！って瞬間、画はまだ動いてる。

〝いつだ⁉　まだ動くのか？〟

俺の眼が見てるのはそこかもしれない。

ヌードが完成した瞬間俺は後向きに横たわるモデルの左ひじの横、彼女の心臓めがけて絵の具のチューブを落とした。

サファイアブルー、

この画に使った絵の具じゃない。次の画に使おうと思ってる〝この星の絵の具〟だ。

「待った？」

シズカが髪をなびかせて走ってきた。

この星の絵の具

［中］ダーフハース通り52

小林正人

初版 2020年10月25日

著者：小林正人
デザイン：木村稔将
印刷：シナノ印刷
協力：シュウゴアーツ
発行人：細川英一
発行所：アートダイバー
〒221-0065
神奈川県横浜市神奈川区白楽121
info@artdiver.moo.jp
https://artdiver.tokyo

ISBN 978-4-908122-17-0